And the Winner is: Love – Sieg für die Liebe

von Dore Steinert

Langenscheidt

Berlin · München · Wien · Zürich · New York

Lektorat: Marion Schweizer
Englischsprachiges Lektorat: Stephen Roche
Umschlaggestaltung: init.büro für gestaltung, Bielefeld,
unter Verwendung eines Fotos von iStockphoto

Für Elisabeth und Michelle,
ohne die dieses Buch nie geschrieben worden wäre.

Weil diese Geschichte in den USA spielt, folgen die
englischen Textteile der US-amerikanischen Schreibweise.

www.girls-in-love.de
www.langenscheidt.de

Umwelthinweis: gedruckt auf chlorfrei gebleichtem Papier

Satz: Franzis print & media GmbH, München
Printed in Germany

ISBN 978-3-468-20508-8

10010

Feeling like a Giraffe

Katharina wickelte die Decke um ihre Schultern, zog die Füße auf die Sitzfläche des Sofas, klappte ihren Schreibblock auf und begann, eine Haarsträhne um ihren Finger zu wickeln. Dabei starrte sie auf die Staubkörnchen, die in den Sonnenstrahlen vor ihrem Fenster tanzten.

"Katharina?" Die Stimme ihrer Mutter drang von unten herauf, eher müde als angespannt. "Kathi? Ich könnte wirklich etwas Hilfe gebrauchen!"

Katharina schlug den Block zu und presste ihn gegen die Brust. "Ich bin beschäftigt, Mama!" Sie wartete, ob ihre Mutter die Treppe nach oben kommen würde, aber unten blieb alles still, bis auf das leise Klappern von Geschirr.

Katharina setzte sich noch einmal zurecht und begann, einen ihrer Briefe an Janet zu schreiben.

27. August 2008.

Nach kurzem Zögern setzte sie noch das amerikanische Datum darunter:

August 27, 2008. First day at Boswood High School.

Dann kaute sie unentschlossen an ihrem Bleistift und versuchte sich zu erinnern: an die Aufregung, mit der

sie den Gang hinuntergelaufen war. An den Geruch der Flure, die gedämpften Stimmen hinter den verschlossenen Türen, manchmal unterbrochen von Gelächter.
"Don't worry about your grades too much", hatte die Direktorin neben ihr gesagt, als sie Katharina nach dem Eingangsgespräch zu ihrem neuen Klassenzimmer brachte. "The first months are about learning English and **getting to know** everybody. Making friends and **getting around**, **getting the feel of** this school."
"I don't think the language will be **much of a problem**", hatte Katharina gemurmelt. "My aunt Syb lives in England, and my cousin Janet is one of my best friends. I've spent the last five summer holidays at their place. I write to her every day, kind of like a diary."
Mrs. Hendersson schien nicht überzeugt. "Still, **I'm afraid, foreign** students often find the culture shock in America a lot greater than they expected. So **give** yourself **time**."
Katharina hatte genickt, ohne eine Antwort zu geben. Ihre Zunge war so trocken, dass sie nicht sicher war, ob sie einen Ton herausbringen würde. Mrs. Hendersson ging so schnell, dass Katharina Mühe hatte, mit ihr Schritt zu halten.
"Now I'**ll take** you **to** your classroom on the second floor. Class 9c, Mrs. Barylla. Your classmates **will show** you **around later on** ... here we are."

to get to know sb jdn kennenlernen
to get around herumkommen
to get the feel of sth sich mit etw vertraut machen
much of a problem ein großes Problem
I'm afraid leider
foreign ausländisch
to give oneself time sich Zeit lassen
to take sb to jdn hinbringen
to show sb around jdn herumführen
later on später

Ohne ihr eine Sekunde Zeit zu geben, hatte Mrs. Hendersson die Tür geöffnet, die Klassenlehrerin begrüßt und sich dann an die Klasse gewandt: "Hello everybody. This is Katharina Winnerk from Germany. She's moved to California with her mother and will be with us at Boswood High for the next few years." Achtundzwanzig Gesichter hatten sich gehoben und sie angesehen.
Katharina nahm den Bleistift aus dem Mund und schrieb:

Janet, it was the worst day of my life. They must have thought I was ***incredibly*, *completely*** *stupid.*
And I looked like an elephant.
Mom bought my school uniform at Wal-Mart. You know my mother. The shirt looks ***totally flat*** *and* ***stiff****. The shoes are like something a fifty-year-old librarian would wear. And the skirt is so long, it* ***reaches down*** *below the knees! But all she said was: "Don't* ***make such a fuss****, Kathi. In two months, you'll* ***have grown into*** *it."*
I know we have to save money, now that my parents are divorced. It's hard for my mother to find work. I understand that. But I looked like a ***bag lady****.*
(She also said: character is more important than ***looks****. On her first day at work however, mom wore a* ***gorgeous*** *red dress and* ***high heels****. And she didn't buy her dress at Wal-Mart!)*

incredibly unglaublich
completely ganz und gar
totally völlig
flat glatt
stiff steif
to reach down herunterreichen
such so
to make a fuss sich aufregen
to grow into sth in etw hineinwachsen
bag lady Stadtstreicherin
looks Aussehen
gorgeous umwerfend
high heels Stöckelschuhe

The girls all look like Jessica Alba in ***The Fantastic Four****. (Well, most of them.)*
They all wear school uniforms, of course – but they know how to ***make the best of*** *them! They wear necklaces and earrings, and they have incredibly beautiful hair and at lot of them wear make-up. And mini skirts and white* ***silk*** *blouses so* ***tight*** *that you can see that all of them are wearing* **bras** *(and some actually need them!).*
Anyway, in my cheap Wal-Mart uniform I felt like Ron Weasley in first grade at Hogwarts, but **stuck in** *a Britney Spears video.*

Katharina fiel der allerschrecklichste Augenblick wieder ein, den sie am liebsten vergessen würde. Irgendwann hatte sie mitbekommen, dass die Lehrerin ihr eine Frage gestellt haben musste – auf jeden Fall war es ganz ruhig und alle starrten sie an. Sie kam sich vor wie im Zoo.
"Why don't you say hello to your new classmates, Katharina?", hatte Mrs. Hendersson gefragt.
Katharina hatte die Hand gehoben und gewinkt. Als wäre sie die Queen Mum oder der Papst . "Hi." Sie wäre am liebsten im Boden versunken.
Zum Glück machte Mrs. Hendersson weiter, als wäre nichts passiert. "Katharina's mother is working in Hollywood as a ... is it a **language instructor**, Katharina?"
Katharina hatte irgendetwas gesagt wie: "She teaches German accents to American actors", und gehofft,

The Fantastic Four Die Fantastischen Vier
to make the best of sth das Beste aus etwas machen
silk Seide
tight eng
bra BH
to be stuck in sth in etw feststecken
language instructor Sprachlehrer(in)

Mrs. Hendersson würde das Thema wechseln. Hollywood. Das klang immer so großartig. Katharinas Mutter war eher ... na ja, völlig unbedeutend. Aber Mrs. Hendersson redete voller Begeisterung weiter: "She even worked with George Clooney, didn't she, dear?"

"She once worked on the same **set** as him. She didn't work with him **personally**", hatte Katharina versucht, ihren Enthusiasmus zu dämpfen, wenn sie sie schon nicht stoppen konnte.

"Yes ...", sagte Mrs. Hendersson mit diesem aufgeregten Gesichtsausdruck, den Erwachsene manchmal bekommen, kurz bevor es besonders peinlich wird. "... but she must have met him a few times, don't you think?"

set Filmset
personally persönlich
laughter Lachen
to provoke sth etw provozieren
on purpose absichtlich

"I think she brought him some coffee, once", hatte Katharina geantwortet.

"Well, and what did she say?"

Katharina murmelte etwas und sah zu Boden.

"Could you say that again? I'm afraid I didn't understand you!"

"She said: Would you like some milk and sugar, sir?"

*Everybody was screaming with **laughter**, and Mrs. Hendersson looked at me as if I had **provoked** it on **purpose**. And do you know the worst? She's our history teacher. Next Thursday I'll see her again.*

I sat next to the girl that looks like Jessica Alba, but she never looked at me. She ...

Sie zuckte zusammen, als sie Schritte auf der Treppe hörte, klappte den Briefblock zu und schob ihn unter das Sitzkissen ihres Sessels. Als die Mutter die Tür aufriss, zog Katharina gerade die Tagesdecke über ihrem Bett glatt, ihre Schulbücher standen aufgereiht auf dem Schreibtisch.
Missbilligend beäugte Frau Winnerk den Ärmel eines Pullovers, der unter dem Bett hervorlugte, bückte sich aber zu Katharinas Erleichterung nicht danach. Die Hälfte von Katharinas Kleidern lag unter dem Bett, wo sie sie hastig hingeschoben hatte.
"Ich hab meinen Schrank eingeräumt", sagte Katharina und hob eine Umzugskiste mit Büchern auf den Schreibtisch.
Ihre Mutter schien nicht überzeugt "Ich kann nicht alles alleine machen, Kathi", sagte sie vorwurfsvoll. "Seit dein Vater..."
Katharina knallte die Bücher lauter auf den Schreibtisch, als nötig gewesen wäre. Frau Winnerk seufzte.
"Okay. Ich will nicht streiten. Hast du Lust, mit mir zum Supermarkt zu fahren, um dir die Gegend anzusehen? Wir können unterwegs etwas essen. Dann räume ich das Bad eben morgen ein."

Es war eine typische amerikanische Vorortgegend, wie Katharina sie aus Filmen kannte – Filmen wie *E.T.* oder *Scream*, in denen Außerirdische oder Zombies in eine amerikanische Idylle einbrechen. Kurz geschnittene Rasenflächen, in der Hitze des Sommers gelb geworden, grenzten ohne Bürgersteig direkt an die Straße. In den Auffahrten standen japanische Mittelklassewagen und Kombis neben Fahrrädern und Bobby Cars. An einer

dry cleaning chemische Reinigung
ironing Bügeln
summer sale Sommerschlussverkauf
surf and swim wear Surf- und Badebekleidung
pickles saure Gurken

Bushaltestelle an der Ecke wartete eine ältere Frau mit Hund und starrte geduldig vor sich hin. Als sie auf die Hauptstraße einbogen, änderte sich das Bild. Supermärkte säumten die Straße, Tankstellen, die klassischen Diners. An fast jedem Laden waren Sonderangebote ausgeschrieben: ***Dry Cleaning**. Washing and **Ironing** 99 Cents* oder ***Summer Sale**! Half Price for **Surf and Swim Wear**.*

"Vielleicht solltest du am Anfang nicht alleine ausgehen, wenn es dunkel ist", sagte Katharinas Mutter leise. Katharina schwieg. "Es wird bestimmt bald einfacher, wenn du erst mal Freunde in der Schule findest. Mrs. Hendersson hat mir gesagt, dass sie dort sehr gute Nachmittagsangebote haben. Sport und eine Theatergruppe, ein Orchester und Batik ... vielleicht findest du da was?"

"Bestimmt. Batik war schon immer mein Traum", sagte Katharina sarkastisch.

Die Mutter biss sich auf die Lippe und schwieg, bis sie einen Parkplatz gefunden hatte.

"Hello. My name is Rosie. What can I do for you?"

Katharina blickte auf. Die Frau, die sich jetzt mit einem Bestellblock über ihren Tisch beugte, war bestimmt fünfzig Jahre alt. Auf ihrem Kopf ringelten sich gelbliche Locken, ihr Rock ging bis knapp über die Knie.

"I'd like the Hollywood Cheese Burger with fries and extra **pickles**, please. And a Caesar salad with Italian dressing and a mineral water." Frau Winnerk las konzentriert aus der Speisekarte vor.

"**Sparkling or still**?"
"Sparkling, please."
"And for you, **miss**?" Rosie sah Katharina fragend an.
"The same for me, but without the salad please, and could I have some extra ketchup?"
Rosie nickte, während sie schrieb. "Would you like a mineral water, too? Or would you prefer a **soft drink**?"
"Do you have Coke?"
"Coke, Pepsi, diet or normal, vanilla or **cherry**, **you name it, we've got it**", murmelte die Kellnerin geduldig. Im Gegensatz zu den Locken schien ihre Freundlichkeit echt zu sein.
"Just a normal Coke, thanks." Katharina reichte Rosie die Speisekarte über den Tisch und merkte, dass sie lächelte, zum ersten Mal an diesem Tag.
Ohne besondere Hast lief die Kellnerin zurück hinter ihren Tresen und gab die Bestellung weiter.
"Na, dann erzähl mal", sagte Frau Winnerk und Katharinas Lächeln verschwand.
"Es war ganz okay."
"Kathi, ich weiß, dass es nicht leicht für dich war in letzter Zeit. Der Unfall mit deinem Knie, die Scheidung ... aber ich wünsche mir wirklich, dass wir hier einen neuen Anfang finden. Wenn du ein wenig mehr mit mir reden könntest ... es wäre auf jeden Fall einfacher für uns."
Katharina überlegte. Es war wirklich ganz okay gewesen. Der Unterricht war angenehm, konzentriert, aber auch humorvoll. Die Verbissenheit, die Katharina in

sparkling or still mit oder ohne Kohlensäure
miss Fräulein
soft drink Erfrischungsgetränk
cherry Kirsche
You name it, we've got it. Es gibt nichts, was wir nicht haben.

Berlin in Mathe oder im Lateinunterricht so gehasst hatte, war ihr hier nicht aufgefallen. Dafür lag die Klasse mit dem Stoff etwas zurück, was ihr eine kleine Atempause zum Eingewöhnen verschaffte. “Sie scheinen eine Menge Projektarbeit zu machen, **term papers**, Vorträge, so was. Rhetorik ist ein eigenes Unterrichtsfach, das wird bestimmt interessant. Und die Ausstattung in Bio und Chemie ist toll, ein eigener Arbeitsplatz für jeweils drei Leute. Wir machen richtige Experimente. Ich denke, mit dem Stoff komme ich ganz gut zurecht”, gab Katharina Auskunft und hoffte, dass ihre Mutter jetzt das Thema wechseln würde. “Wie war's bei dir?”

“Und deine Mitschüler?”, hakte Frau Winnerk nach.

Katharina zuckte die Schultern. Eigentlich hatte sie keine Lust zu reden. “Die kenne ich ja noch gar nicht. Die Jungs sind wohl entweder sportlich oder Computerfreaks mit Hochwasserhosen und Karohemden. Ich meine, die tragen natürlich auch Uniform, aber irgendwie ... sie sehen aus, als würden sie Hosen mit Bügelfalte tragen, egal was sie anhaben.”

Ihre Mutter schaute weiter erwartungsvoll.

“Mama, ich brauche Make-up!”, platzte Katharina heraus.

“Mein Gott, Kathi.” Frau Winnerk lehnte sich zurück. “Du gehst seit einem Tag in diese Schule und schon fängst du mit so was an. Als Nächstes willst du womöglich einen **nose job** oder einen neuen Busen zum sechzehnten Geburtstag wie diese Hollywood-Girls. Mit zwanzig fangen die mit Botox an. Das ist doch lächerlich.”

term paper
Hausarbeit
nose job
Nasenkorrektur

Katharina blinzelte die Tränen in den Augen weg. Sie sprach zu schnell, erzählte von den langen braunen Beinen der Mädchen und dem neuesten Nokia-Handy, das auf jedem zweiten Tisch gelegen hatte, von eng geschnittenen Schulpullundern und Strähnen im Haar, irgendwie kam alles falsch heraus. Es klang oberflächlich, aber in Wirklichkeit ging es ihr um dieses fürchterliche Gefühl, als achtundzwanzig Augenpaare sie anstarrten und nichts anderes sahen als ihre flache Brust, einen langweiligen Knoten im Haar und knochige Beine. Nichts davon konnte sie so ausdrücken, dass ihre Mutter es verstand. Sie nahm eine Serviette vom Tisch und riss sie wütend in kleine Fetzen.
"Kathi, das bist du einfach nicht. Ich möchte nicht, dass du anfängst, irgendjemandem hinterherzulaufen."
"Es geht nicht ums Hinterherlaufen, Mama. Ich habe nur keine Lust, eine Außenseiterin zu sein."
Katharinas Mutter strich das Tischtuch glatt und seufzte leise. "Ich weiß, dass es schwer für dich ist im Augenblick. Aber du hast es nicht nötig, dich zu verstellen oder zu verkleiden, nur um jemandem ..."
"Oh, das finde ich super!" Wären sie nicht in einem Restaurant gesessen, hätte Katharina geschrien. "Immer heißt es: Du musst dich anpassen. Sieh zu, dass sie dich integrieren. Du musst lernen, auf andere einzugehen. Aber wenn ich es dann versuche und es dir nicht in den Kram passt, dann bin ich charakterlos!"
Katharinas Mutter starrte aus dem Fenster. Katharina wusste, dass sie sie gekränkt hatte, aber es war ihr egal. Wer hatte denn diese idiotische Idee gehabt, aus

Berlin wegzuziehen? Wer hatte sich von Katharinas Vater scheiden lassen? Sollte sie doch ein schlechtes Gewissen haben, geschah ihr ganz recht.
“Es tut mir leid, wenn dein erster Schultag nicht so optimal gelaufen ist”, sagte Frau Winnerk schließlich. “Aber ich bin ganz sicher, dass du ein paar nette Mädchen in deiner Klasse finden wirst. Auf dem Schulhof sahen sie eigentlich ganz normal aus.”
“Ja.” Katharina hatte keine Lust, darüber zu sprechen. Natürlich gab es die Normalen. Die Mädchen, die zu den Jungs mit den Bügelfalten gehörten. Nur schien es hier in Amerika viel extremer zu sein als zu Hause in Berlin. Das waren die Loser, mit denen niemand etwas zu tun haben wollte. Die Übergewichtigen mit den komischen Hobbys. Diejenigen, die sich um Austauschschüler und neue Klassenkameraden kümmern mussten, wie Jen mit dem dicken Hintern, die Katharina auf Bitten der Klassenlehrerin in die Kantine begleitet hatte. Jen war nett. Jen hatte sie auch sofort nach ihrer Telefonnummer gefragt und es war nicht schwer zu erraten, weshalb. Niemand hatte darum gebeten, in der Mittagspause an Jens Tisch sitzen zu dürfen, oder sich umgedreht, als sie vorbeigelaufen war. Niemand an Jens Tisch hatte so laut gelacht wie die Clique um ‘Jessica Alba’ und den Kapitän der Mittelstufen-Footballmannschaft. Nur ein Junge aus ihrer Klasse hatte sich zu ihnen gesetzt und mit Jen eine Unterhaltung über den Winterschlaf von Fröschen angefangen.
Nett.
Es klang fast wie ein Schimpfwort.
“Du wirst schon sehen”, sagte Katharinas Mutter.

Ein junger Kellner beendete das Gespräch, als er das Tablett zwischen sie stellte. Katharina zupfte weiter an ihrer Serviette und blickte nicht auf. “Salad and mineral water for you, Madam?” Frau Winnerk nickte. “And extra ketchup and Coke ... oh, hi”, sagte der Junge. “You’re Catherine, aren’t you? How was your first day in school?”
“I felt like a giraffe”, sagte Katharina bitter und starrte auf den Teller, der vor ihr stand.
Der Junge lachte. Es war ein gutes Lachen, weich und warm, irgendwie blubbernd. Ein Lachen, das ihren Rücken hinunterrutschte und irgendwo in ihrem Magen zu liegen kam. Katharina blickte auf.
“I’m Josh”, sagte er nur.

Cookie dough

Katharina schaute in die blauesten Augen, die sie je gesehen hatte.

"You two know each other?", fragte Frau Winnerk überrascht.

Josh lächelte. "I'm in Boswood High, too, in eleventh grade."

"**I see**", sagte Katharinas Mutter. "And you work here in your **spare time**?"

Josh schüttelte den Kopf. "My uncle owns this place. And today two of his **employees** are sick, so I just **filled in**. My mom usually doesn't let me work late on school nights. My uncle is going to drive me home soon. I have to be back by nine."

"You have to go back up to Boswood Hill?", fragte Frau Winnerk.

"Yes, Grant Street, corner Church Street", meinte Josh ruhig.

"Well, if it's any help, I could drive you home and save your uncle the **trouble**", sagte Frau Winnerk zu Katharinas Entsetzen. "If you don't mind waiting until I get back from the supermarket. Kathi ... Katharina can wait here, if she likes."

I see. Verstehe.
spare time Freizeit
employee Angestellte
to fill in einspringen
trouble Mühe

"Mama, wie konntest du das sagen? Das ist doch megapeinlich", flüsterte Katharina, kaum dass Josh gegangen war.

Frau Winnerk sah sie überrascht an. “Was ist denn daran peinlich?”
“Du hast mich ihm quasi in den Schoß geschmissen. Ich kenne ihn doch überhaupt nicht!”
“Wir fahren praktisch an seinem Haus vorbei. Du hast es selbst gehört, zwei Angestellte sind krank, hier geht alles drunter und drüber und da soll sein Onkel ihn noch eine halbe Stunde durch die Gegend fahren?”
“Aber was soll ich denn jetzt machen? Wenn ich hier rumsitze und warte, fühlt er sich verpflichtet, mit mir zu reden. Und wenn ich stattdessen mit dir einkaufen gehe, hält er mich für zickig!” Katharina hätte sie am liebsten geschüttelt.
“Weißt du was, Schatz?”, sagte ihre Mutter kalt. “Das ist das Schöne an Amerika. Das war eine Selbstverständlichkeit. Du kannst jemandem helfen? Fein. Dann tu es. Und Ende.” Frau Winnerk biss kräftig in ihren Cheeseburger.
“Die sind lecker, die Dinger”, murmelte sie mit vollem Mund.
“Aber doch nicht auf meine Kosten!”, protestierte Katharina noch einmal.
Ihre Mutter ließ den Burger sinken. “Meinetwegen kannst du dich unter den Tisch setzen und die Augen zukneifen, Kathi. Ich will jetzt nichts mehr davon hören.”
Sie aßen schweigend.
Frau Winnerk blickte auf die Uhr. Acht Uhr fünfzehn.
“Ich fahre wohl besser mal los. Willst du mit?” Katharina schüttelte wortlos den Kopf. Frau Winnerk wischte sich mit der Serviette den Mund ab, besah sich die Quittung,

rechnete die üblichen 15 Prozent Trinkgeld aus und zählte die Summe sorgsam auf den Tisch. "Ich denke nicht, dass ich mehr als eine halbe Stunde brauche. Wenn du willst, kannst du dir noch einen Nachtisch bestellen, und drüben am Eingang liegen Zeitungen." Sie stand auf und angelte den Wagenschlüssel aus ihrer Tasche. "Das ganze Theater hättest du dir sparen können."
Ach wirklich?, dachte Katharina.

cookie dough Plätzchenteig
on the house auf Kosten des Hauses
cheap as hell verdammt geizig
you'd better take it du solltest zugreifen
to be grateful to sb jdm dankbar sein
to recommend sth etw empfehlen
chocolate chips Schokoladenstückchen
caramel chunks Karamellstücke
brainless hirnlos
it girls It-Girls
to live on sth sich von etw ernähren
to be on a diet eine Diät machen

Eine Minute, nachdem ihre Mutter gegangen war, stand Josh an ihrem Tisch. Er lächelte. "Tiramisu, **cookie dough** or double chocolate?"
Katharina blickte ihn fragend an. "Sorry?"
"My uncle asked me to get you some ice cream, **on the house**. And usually he's **cheap as hell**, so **you'd better take it**. He**'s** really, really **grateful to** your mom."
"Oh."
"I personally **recommend** the cookie dough." Josh trat einen Schritt zurück, seine Stimme senkte sich zu einem Flüstern. "It's with vanilla ice cream and **chocolate chips**, and it's got huge **caramel chunks** on top. It's heaven. Trust me."
"Well ..."
Josh grinste. "Don't tell me you're one of those **brainless it girls** that **live** only **on** salad. If you**'re on a diet**, I'll leave you alone. Ice cream? Caramel chunks?"

"Okay", sagte Katharina, obwohl sie schon jetzt das Gefühl hatte, platzen zu müssen.
"Two cookie doughs with extra chocolate on top!", rief Josh dem Mann hinter dem Tresen zu.
"Kevin told me your Englisch was **pretty much** perfect", wandte er sich dann wieder an Katharina.
Sie nickte schweigend.
"Can you do two-word-sentences, too?", fragte Josh ginsend. Aber er lächelte. Dann schob er sich mit einem geübten Schwung auf die Bank gegenüber von Katharina.
Sie holte tief Luft. "Yes, sir. I would **indeed** like to order some of the excellent dessert you just recommended. And no, I am not on a diet. Actually ..." Katharina sah zweifelnd auf ihre dünnen Arme. Dann auf ihre ziemlich flache Brust. "I would have to be **raving mad** to even think about it", sagte sie schließlich trocken.
Sein Lachen kitzelte noch Stunden später in ihrem Bauch.

pretty much so gut wie
indeed tatsächlich
raving mad total verrückt
weird seltsam

What did we talk about? I don't know anymore. We talked about Berlin. Europe. He has travelled to Canada and Mexico, and wants to spend some time in Europe after finishing high school.
What else? He's interested in music (I didn't know any of the bands he talked about, but he didn't notice). Movies. We discussed films we both saw. He likes ***weird*** *stuff like Tarantino and John Malkovich, and knows a lot more about European film festivals than I*

do. His favorite movie is ***Day Watch****, he's got it on DVD and wants to* ***lend*** *it to me!*
(Of course I already saw it last year with Dad, but I didn't tell him.)
Oh well, he was really ***cute****. But he's already sixteen, maybe he just wanted to be nice to his brother's new classmate (or he* ***pities*** *me because I look like a giraffe).*
At least I know that he thinks I'm funny. He was laughing all evening.

Day Watch
Wächter des Tages
to lend (lent, lent)
verleihen
cute süß
to pity sb
jdn bedauern

"Kathi?", rief ihre Mutter von unten. "Kathi! Telefon!"
Katharina rannte die Treppe herunter.
Ihre Mutter stand unten am Geländer und sah sie an mit einem unbewegten Gesicht, das ein verstecktes Grinsen enthielt.
"Wer hat denn meine Nummer?", flüsterte Katharina ihr zu.
Das Grinsen wurde sichtbar. Schweigend reichte Frau Winnerk Katharina den Hörer und verschwand in der Küche, um die Einkaufstüten weiter auszupacken.
"Yes?"
"Catherine? It's me, Josh. I am sorry to call so late, but ..."
"Where did you get my number?", unterbrach Katharina ihn und dachte gleich darauf: Was für eine idiotische Frage! Ogott!
Josh schien es nicht bemerkt zu haben. "My brother called Jen. You gave her your number in history class, remember?"

"Ah ... yes."
"Anyway. I'm calling because of this idea I just had. I'd like to know what you think about it. I mean, **obviously**. Otherwise, I wouldn't call ..."
"Yes ...?"
"Did you ever think about giving **private lessons**?"
"Sorry?"
"Private lessons. **Tutoring**. **Coaching**. You know. Teaching German. Mom would pay."
"Well ... actually, I don't know. I mean, I never did. I never even thought about it."
"At school we're doing the Plusquamperfekt right now", – er sagte *plasqamperfekt* – "and I need **to brush up on** the Konjunktiv, too", fügte er schnell hinzu, als sie schwieg.
"I didn't learn it that way", sagte Katharina zögernd. "You know, of course, I can tell what's right and what's wrong. But grammar ... I'm really not too good at explaining."
"You mean, you don't know any German? You just speak it perfectly?"
"I just don't think I'd be much help to you."
Josh schwieg. Katharina konnte ihn am anderen Ende der Leitung atmen hören.
"Okay", sagte Josh schließlich. "It was just an idea. Sorry for calling so late."
Moment mal, dachte Katharina. Klingt er enttäuscht? Vielleicht ist er kurz vor dem Durchfallen und ich lasse ihn hängen. Oder vielleicht fand er mich nett ...

obviously
offensichtlich
private lessons
Nachhilfestunden
tutoring
Privatunterricht
coaching
Einzelförderung
to brush up on sth
etw auffrischen

"Josh?" Katharina war plötzlich atemlos.
"Yeah?"
"Josh, it's not that I wouldn't *want* to. I just don't think I *can*. I'd feel like a **crook** taking money for it."
"Mom says the best way to learn a language is to just speak it. Or read books, watch TV, have **pen pals**, you know. Don't learn it, live it. That kind of thing. So it would be **alright** with her. And I'm not that bad. I'm sure we wouldn't have to do any grammar. What do you think?"

crook Betrüger(in)
pen pal Brieffreund(in)
alright in Ordnung

"Well, we could try, like, maybe, I mean, I don't want to promise, but ... why not." Himmel! Nun fing sie auch noch an zu stottern. Sie kam sich vor wie der letzte Idiot.
"Would Friday be okay for you, Kat?"
Kat. Der Name klang wundervoll. Erwachsen. Nie wieder Kathi, dachte Katharina. Von jetzt ab war sie Kat. Und vielleicht war sie doch keine Giraffe. In ihrem Bauch breitete sich ein seltsames Kribbeln aus. Sie konnte die Beine kaum noch still halten, am liebsten wäre sie gerannt.

Als Kat am nächsten Morgen ins Badezimmer ging, fand sie auf dem Waschbecken einen Gruß ihrer Mutter: einen feinen silbernen Anhänger, ein Keltenkreuz. Ziemlich abgefahren. Kat wusste, dass es aus Silber war, ihre Mutter hatte es letzten Sommer bei einem Festival für sich selbst gekauft.
Dazu passende Haarspangen, ein Set für Strähnchen zum Selbermachen, nicht blond, sondern ein rötliches

Dunkelbraun, und eine kleine Tasche, rot und schwarz. Kat erkannte das Label sofort: Emily Strange. Okay – was will sie mir damit sagen? Kat musste grinsen. Emily Strange wäre vielleicht eine hervorragende Idee.
Sie zog den Reißverschluss der Tasche auf und sah hinein. Lipgloss und Mascara.

Pretty impressive

pretty ziemlich
impressive beeindruckend

Als Kat die Träger ihres Rucksacks über die Schulter warf und aus dem Haus trat, fühlte sie sich sicherer als am Tag davor. Das lag weder an Schmuck noch an Haarsträhnen – für die Strähnen hatte die Zeit nicht gereicht und der Schmuck lag noch immer in der Schublade. Sie wollte sich nicht zu plötzlich verändern, das hätte so ausgesehen, als wollte sie sich anbiedern. Außerdem hätte Josh vielleicht gedacht, dass ... oder so. Es war ein vager Gedanke, den Kat noch nicht ganz zu Ende gedacht hatte.

Sie fühlte sich besser in ihrer Schuluniform, weil sie wusste, was auf sie zukam. Sie hatte sich am Morgen für das schlichte Sweatshirt entschieden und die Ärmel locker hochgekrempelt. Ihre Haare waren noch immer in einem Ballettknoten hochgesteckt und statt der seltsamen Lackschuhe mit dem klobigen Absatz, den die Schulvorschriften gerade noch erlaubten, trug sie ihre schwarzen Nikes. Die blickdichten Strumpfhosen hatte sie aus Trotz angelassen.

Sie nahm die drei Stufen vor der Haustür mit einem Sprung und spürte zu ihrer Überraschung nicht mal ein leichtes Ziehen im Knie.

Die Kinder aus der Nachbarschaft, die mit ihr an der Haltestelle auf den Schulbus warteten, kannte sie nicht. In manchen vorbeifahrenden Autos konnte sie auf dem

Rücksitz die Uniform von Boswood High erkennen. Die weitaus meisten Autos wurden von älteren Teenagern gefahren, hinten voll gepackt mit Freunden und jüngeren Geschwistern. Wer keine Freunde oder nachgiebige Eltern hatte, nahm den Bus. Kat nickte der Fahrerin zu und stieg ein.

Einige Reihen weiter hinten saß 'Jessica Alba' und sah gelangweilt aus dem Fenster. Kat blieb zögernd stehen. Der Sitz neben dem Mädchen war frei.

"Hi", sagte Kat.

'Jessica Alba' lächelte müde – ihre Zähne waren wundervoll weiß und ebenmäßig – und nickte Kat zu. Nicht unfreundlich, ein wenig herablassend vielleicht, wie eine satte Katze. Aber sie machte keine Anstalten, ihren Rucksack vom Sitz zu nehmen, um Kat Platz zu machen. Als Kat von hinten weitergedrängt wurde, lächelte das Mädchen noch immer.

Kat fand einen leeren Platz hinten bei den Fünftklässlern, inmitten von lautem Geschrei und hin und her fliegenden Papierkügelchen und Krampen. Sie nahm sich das Buch mit den Matheformeln und tat so, als würde sie angespannt lesen.

Der Sitz neben 'Jessica Alba' blieb die ganze Fahrt über leer. Sie hat auf niemanden gewartet, dachte Kat. Sie hatte einfach nur keine Lust, sich mit mir abzugeben.

Sobald der Bus hielt, schwang das Mädchen sich mit einer flüssigen Bewegung aus dem Sitz, sprang die Stufen hinunter und war schon leichtfüßig die Treppen hochgelaufen, bevor Kat zwischen den drängelnden Fünftklässlern auch nur die Bustür erreicht hatte.

In der dritten Stunde hatten sie Sport. Kat hielt sich im Hintergrund, fühlte sich aber nicht unwohl. Die Atmosphäre von Umkleidekabinen war ihr vertraut, der muffige Geruch von Staub und verschwitzten Baumwollhemden, dazu die Akustik, die die Stimmen der Mädchen von den Wänden zurückwarf wie verrückt gewordene Tischtennisbälle. Nur die Atmosphäre stimmte nicht, die Blicke waren kalt und abschätzig. Kat brauchte einige Zeit, bis ihr aufging, dass die Mädchen über sie sprachen.
"Look at that."
"That's so **disgusting**! She looks like an **ape**."
"Shhht."
Kat drehte sich mit einem fragenden Blick um. Die Mädchen waren schlagartig still, sogar Jen war ihrem Blick ausgewichen. Sie stand mit dem Rücken zu Kat, das Sweatshirt um die Hüften gebunden. "Oh, leave her alone", murmelte Jen, schlug den Schrank zu und stürmte aus der Tür.

disgusting widerlich
ape Affe
armpit Achselhöhle

Kat drehte sich um und zog ihre Baumwollsocken im Stehen an. Ihre Hände zitterten leicht, obwohl sie nicht begriffen hatte, worum es ging. Unter Umständen war das das Problem: Nicht zu begreifen, worum es ging, hieß, diesem Geflüster ausgesetzt zu sein.
Die ersten Mädchen packten ihre Sachen in die Schränke und verließen die Umkleidekabine. Kat konnte hören, wie sie sich warmliefen.
"But really. Look at her **armpits**. Doesn't she at least use deodorant?", flüsterte eines der Mädchen. Kat sah sie aus den Augenwinkeln, eine eher unscheinbare Schwarze names Doreen rechts neben ihr auf der Bank.

"Yes, she uses deodorant", fauchte Kat sie an. Ihre Wangen brannten. "And she changes her underwear seven times a week. What is the matter with you?"
Doreen zuckte zurück, überrascht über die Wut, die sie in Kats Augen sah, und wurde rot.
Seltsam, man kann es selbst unter der dunklen Haut sehen, dachte Kat, ich wusste das nicht. Sie stemmte die Hände in die Hüften und machte einen Schritt auf Doreen zu.
"It's your legs", flüsterte Doreen schließlich verlegen. "You're so **hairy**. Don't you shave in Europe?"
Kat war so verblüfft, dass sie Doreen nur anstarren konnte, als sie aufsprang und sich an ihr vorbei zur Tür drängte. *I'm afraid foreign students often find the culture shock in America a lot greater than they expected,* hatte die Direktorin gesagt. Wie wahr.

hairy behaart
stretching Dehnungsübungen
by oneself selbstständig

Die Sportlehrerin hielt die Pfeife, die an einer Schnur um ihren Hals hing, locker zwischen den Fingern, blies aber noch nicht hinein. Mrs. Lippet war beliebt, Kat konnte schon nach wenigen Minuten sehen, wie sie auch den schwächeren Schülerinnen zulächelte, die mit rotem Gesicht an ihr vorbeitrabten.
Beim nächsten Pfiff ließen die Mädchen sich aufstöhnend auf die Bank fallen.
"Okay, girls, come on. I know you're tired, but it's only ten-fifteen in the morning", rief Mrs. Lippet in die Halle. "Do some **stretching by yourselves**, please." Sie winkte eines der Mädchen zu sich und senkte ihre Stimme auf normale Lautstärke.

referee Schiedsrichter
to change sich umziehen
to mind etw dagegen haben
equipment Ausrüstung
to sit around herumsitzen
muscle Muskel
to injure verletzen

"Maryanne, I am afraid we're playing volleyball again. I know you can't join us. You could be the **referee**, if you like. Otherwise, you may **change** and do your homework instead."
Das Mädchen, das Mrs. Lippet angesprochen hatte, hob unglücklich die Schultern. Kat sah erst jetzt, dass sie ihre linke Hand in einer Manschette trug.
"We have a math test on Thursday. So if you don't **mind**, I'll try to learn math."
"That's fine, I understand." Mrs. Lippet drehte sich wieder um und rief der Klasse zu: "Jodie and Melissa, get the net and the rest of the **equipment**. The rest of you don't just **sit around**, your **muscles** will get cold. Stretch!"
Kat setzte sich auf den Boden, streckte die Beine aus und beugte den Oberkörper nach vorn. Sie fühlte den vertrauten Zug an der Rückseite der Oberschenkel, umfasste ihre Fußsohlen und zog ihren Rücken lang. Es fühlte sich an wie früher, wundervoll! Sie schloss die Augen und legte ihre Nase zwischen die Unterschenkel.
"You're Catherine Winnerk?"
Kat hob den Kopf und sah auf Mrs. Lippets Turnschuhe, die direkt neben ihr standen. "Kat", sagte sie.
"You're a dancer", sagte Mrs. Lippet.
"I was." Kat nickte. Es tat noch immer weh, das zu sagen.
"What happened?" Mrs. Lippet sprach so leise, als wäre niemand sonst im Raum.
Kat schluckte. "I **injured** my knee. It was an accident."

restriction Beschränkung
flexible gelenkig

"Are there any **restrictions** I should know about?", fragte Mrs. Lippet sachlich.
Kat schüttelte den Kopf. Ihre Kniescheibe war gut verheilt, das gerissene Kreuzband nur wenig verkürzt. Der Arzt hatte von einem vorbildlichen Heilungsverlauf gesprochen und gemeint, mit dem Knie könne sie bei normaler Belastung bis an ihr Lebensende laufen. Normale Belastung. Für eine Tänzerin war das eine Art Todesurteil. Er hätte genauso gut sagen können: Ab fünfunddreißig läufst du auf Krücken, wenn du weitermachst. Noch am gleichen Tag hatte ihre Mutter mit ihrer Ballettlehrerin gesprochen und sie abgemeldet.
"You were good", sagte Mrs. Lippet. Es war eine Feststellung, keine Frage.
"Yes", antwortete Kat. Sie sagte nicht, dass sie die Beste gewesen war. Dass Tanzen ihr Leben gewesen war.
Mrs. Lippet verstand auch so. "I am so sorry, Kat."
"Look at that", sagte Doreen und kam neugierig näher. Die unerfreuliche Szene in der Umkleidekabine war offenbar vergessen.
"She's so **flexible**! Can you do the splits?"
"Sure", sagte Kat müde. Ein Spagat war für sie nichts Besonderes, eine Grundvoraussetzung, nicht weiter erwähnenswert.
"On the other side, too?", fragte Doreen. Ihre Begeisterung wirkte ansteckend auf die anderen Mädchen.
Kat wechselte durch den Männerspagat auf die linke Seite, ohne nachzudenken.
"Wow!" Fünf, sechs Klassenkameradinnen hatten sich zu Doreen gesellt, ihre Gesichter glänzten vor Bewunderung. Es waren die gleichen Mädchen, die sich noch vor

wenigen Minuten abfällig über die Haare auf ihren Beinen geäußert hatten. Kat hätte am liebsten laut gelacht, sie empfand irgendetwas zwischen Triumph, Erleichterung und Hysterie. Stattdessen beugte sie den Oberkörper noch im Spagat zurück, hob den hinteren Fuß zur Ferse und ergriff ihn mit nach oben über den Kopf gestreckten Armen, wie bei einer perfekten Eiskunstlaufpirouette. Was mit Ballett nicht viel zu tun hatte, genau genommen. Aber Kat wusste, dass es immer Eindruck machte.
Die Stimmen der Mädchen schwirrten durcheinander. "She's so good! She's a dancer!"
Mrs. Lippet klatschte zwei Mal in die Hände. "Okay everybody! It's volleyball today! Please get your teams together ..."

'Jessica Alba' wartete mit drei Freundinnen am Aufgang zum Chemieraum.
"Hi, Kat. I'm Amanda Strachmann." Sie hatte eine tiefe, leicht heisere Stimme. Aus der Nähe sah sie noch schöner aus, als Kat sie zunächst wahrgenommen hatte, ihre Haut schien zu strahlen, als ob sich alles Licht auf ihrem Gesicht sammelte. Sie lächelte und reichte Kat die Hand. Das Freundschaftskettchen an ihrem Handgelenk klirrte leise.
"Nice to meet you", sagte Kat unbeholfen. Sie kam sich mager und ungeschickt vor neben dieser strahlenden Schönheit.
Die Rothaarige trat vor. "I'm Melissa Parbridge. My friends call me Mel. And this is Tori." Das dritte Mädchen lächelte Kat an. Ihr Händedruck war trocken und sehr fest.

“We saw you in Physical Education. You were pretty impressive”, sagte sie.
Amanda, Melissa und Tori. Die Mädchen, die mit dem Football-Team am Fenster in der Cafeteria gesessen und gelacht hatten. “You did classical ballet, didn’t you?”, fragte Amanda. Ihre Stimme klang eher höflich als interessiert.
“I was in the training class of the state ballet in Berlin.”
Amanda warf den anderen einen Blick zu, den Kat nicht verstand.
“But you must have done some other stuff, too. Like jazz oder modern?”, warf Tori ein. Sie war ein bisschen kleiner als Kat und blickte strahlend zu ihr auf.
“I wanted to be a classical dancer, but ...” Kat musste grinsen, “... I did some other stuff too. Video dancing, we called it. Christina Aguilera in ‘Dirty’, Shakira, Pussy Cat Dolls, that kind of thing. We couldn’t let our teachers find out about it. They thought it was just a **waste of time**.”

waste of time
Zeitverschwendung

“I see”, sagte Amanda liebenswürdig, aber so desinteressiert, dass Kat eine leichte Wut in sich aufsteigen fühlte.
“Wait. I’ve got it on my mobile phone.”
Sie kramte ihr Handy aus der Tasche und lud das Video. Schweigend reichte sie das Handy weiter. Drei Köpfe beugten sich über den kleinen Bildschirm. Kat wartete ruhig. Sie wusste, wie gut das Video war.
“But that’s perfect”, rief Mel so laut, dass Kat zusammenzuckte.
Tori blickte Amanda an. Bei ihr schien die letzte Entscheidung zu liegen.

Amanda legte den Kopf auf die Seite und lächelte. "Have you ever thought about cheerleading?", fragte sie.

Dear Janet,

Today I wasn't a giraffe. I was a dancing bear. They've asked me to join their cheerleading team. As far as I understand, this is a great ***honor****. Training will start tomorrow. So I made some friends today ...* ***keep your fingers crossed*** *for me, Janet.*

honor Ehre
Keep your fingers crossed. Drück die Daumen.

High up

Das erste Mal fiel Kat wie ein Stein.
Sie kippte nach rechts hinten und fiel mit einem grässlichen Kreischen zurück in die wartenden Arme. Sechs Gesichter beugten sich grinsend über sie. Dann wurde sie vorsichtig wieder auf die Beine gestellt.
"Oh wow. This is ... really strange. Sorry", stammelte Kat.
"**Never mind**. You're doing just fine."
Kat legte den Kopf zurück und lachte. "I'm doing fine? How could I **possibly** do worse? I fell after less than a second!"
Der große Junge grinste. "I said fine, not great, remember?"
"Just **press** your elbows against your **ribcage** and hold your body like a **stick**. Pull yourself up towards the ceiling", kam Mrs. Lippets ruhige Stimme aus dem Hintergrund. "Are you ready for another **attempt**?"
Kat nickte. Sie presste die Arme gegen den Körper und machte sich ganz steif. Der große Junge – Peter aus der Elften – trat hinter sie und fasste sie um die Taille.
"I'm sorry, I can't do it any slower", sagte Peter leise. "I don't have the **strength** to **lift** you. It's a kind of throwing **movement**, I have to get my arms **straight** as soon as possible."

Never mind. Mach dir nichts draus.
possibly womöglich
to press drücken
ribcage Brustkorb
stick Stock
attempt Versuch
strength Kraft
to lift heben
movement Bewegung
straight gestreckt

"I know." Kat konzentrierte sich.
"Ready?", flüsterte er leise.
Kat nickte. "Yeah." Sie beugte die Knie zu einem kleinen Plié.
Hinter ihr nahm Peter den gleichen Schwung.
Die Gruppe, die sie auffangen sollte, machte sich bereit.
"One. Two. And ..."
Kat fand sich auf dem Boden wieder, Beine und Arme mehr schlecht als recht von ihren Mitschülern gehalten. Peters Gesicht war gerötet, Kat konnte sehen, wie sein Brustkorb sich keuchend unter dem T-Shirt hob und senkte. Auf ihrem rechten Oberarm war eine Druckstelle, die sich zu einem blauen Fleck entwickeln würde, und sie war sich relativ sicher, einen ihrer Mitschüler mit dem Fuß getroffen zu haben.
"Maybe somebody else should try", sagte sie unglücklich. "You've been in this group much longer and I ..."
"**Nonsense**", sagte Tori freundlich, aber entschieden. "This has always been Maryanne's part. We would have to change the whole **choreography**. And you could do that thing with your leg. You know, lift it slowly. That ... you know."
"Developé", sagte Kat müde.
"It'll look great." Tori lächelte Kat an. "Hey. I know you'll do it. After all, it can't be much harder than standing on your toes."
Peter umfasste ihre Taille von hinten und nahm Schwung.

nonsense
Unsinn
choreography
Choreographie

Diesmal stand Kat die Figur. Bevor sie richtig begriffen hatte, wie es geschah, hatte Peter sie in einer Drehung nach oben geworfen und ihre Füße auf seine Hände gestellt. Kat konnte durch ihre Fußsohlen spüren, wie seine ausgestreckten Arme unter ihr vor Anstrengung zitterten.

Sie löste ihre Arme vorsichtig vom Körper und streckte sie zur Seite aus.

Wie ein Dreimeterbrett, dachte sie. Es ist fast so hoch wie ein Dreimeterbrett. Ogott! Die Streifen, die über das helle Parkett des Hallenbodens liefen, verschwammen vor ihren Augen. Sie sah nach oben gereckte Gesichter und schwankende Arme ...

"Don't look down!", sagte Mrs. Lippet leise. Ihre Stimme klang irgendwie scharf und doch vertrauenerweckend. "Don't ... Look ... Down. You're doing great."

Kat riss ihren Blick vom Boden los und konzentrierte sich auf die andere Seite der Hallenwand, wo die Anzeigetafel für Basketballturniere hing. Und plötzlich war es ganz leicht und schwerelos da oben, in drei Meter Höhe über ihren Mitschülern schwebend. Unter ihr wurden die anderen Mädchen auf die Schultern ihrer Partner gehoben und bildeten eine Pyramide.

"And now, Kat", sagte Mrs. Lippet ruhig, "lift your leg. Do it slowly."

"Which one?", keuchte Peter von unten und machte sich bereit. Kat starrte weiterhin geradeaus, die Arme zur Seite ausgestreckt.

"I'll stand on my right", murmelte sie und dachte: Hilfe! Dann hob sie ihr linkes Bein zu einem langsamen, vollkommenen Developé. Sie griff sich über den Kopf und

zog den Fuß noch näher zu sich heran, bis sie fast im Männerspagat stand. Einige Mädchen begannen, leise zu klatschen.
Kat sah lächelnd hinunter ... und kippte, wild mit den Armen wedelnd, nach hinten.

"Cheerleading", hatte Kat noch am Morgen gesagt, mit einem höflichen Lächeln. "I've never thought about it. Actually", fügte sie schnell hinzu, um die Mädchen nicht zu beleidigen, "there's nothing like it in Germany. I've never seen it anywhere, apart from in American movies."
"Oh." Tori schien überrascht. "In America they teach it in school. Like volleyball or gymnastics. We have a team with about twenty girls, and a few boys as well. And an **elite group** of three girls and four boys. There are competitions and **championships** and everything. It's a serious sport in America. They even suggested it for the **Olympics**."

elite group *hier:* Akrobatikgruppe
championship Meisterschaft
Olympics Olympiade

"Madonna was a cheerleader", warf Mel ein, "Cameron Diaz, Christina Aguilera, Paris Hilton, even President Eisenhower and Michael Douglas."
"Eisenhower?"
Die Mädchen nickten."Sounds interesting." Kat lächelte vorsichtig. Sie konnte sich kaum etwas vorstellen, was sie weniger interessiert hätte, als mit einem farbigen Bommel kreischend und hüpfend am Spielfeldrand zu stehen, um bei einem Tor oder Korb oder Punkt der Jungs aufzuspringen und mit dem Hintern zu wackeln. Aber diese Mädchen waren cool ...

"You know, **we're a girl short** in our team. Maryanne did most of the dancing parts, and she can't do it any more", sagte Melissa fast schüchtern. "And there's a football game in a few days."
"So would you like to fill in?", fragte Tori. "Think about it."

Nach der Chemiestunde war Kat gerade dabei, ihre Sachen zusammenzupacken, als Jen, einen Packen Bücher unter dem Arm, auf sie zukam.
"Kat, I've got to get my **sweater** from the **locker** first. I'**ve been freezing** all morning. Do you want to **come along**, or **go ahead** and meet me in the canteen?", fragte sie.
In diesem Augenblick wusste Kat, dass ihre Entscheidung getroffen war. Sie blickte verlegen zu Boden und murmelte: "Actually, Tori asked me ... I mean, there's something we have to talk about, and ..." Kat wich Jens Blick aus. Sie wollte sie nicht enttäuschen – aber ihr war nicht nach einem weiteren Mittagessen mit der Überwinterung von Fröschen und Teichschnecken.
"**Wanna** have some lunch?" Melissa legte den Arm um Kats Schultern und zog sie nach draußen, ohne Jen im Geringsten zu beachten. Tori piekte ihr kichernd mit einem Finger zwischen die Rippen. Kat kreischte auf und bekam einen Lachkrampf. Sie raffte ihre Sachen zusammen und rannte Tori hinterher.
An der Tür drehte sie sich noch einmal nach Jen um. "I'm really sorry ...", murmelte sie. Dann fiel ihr ein,

We're a girl short. Uns fehlt ein Mädchen.
sweater Pullover
locker Spind
to freeze frieren
to come along mitkommen
to go ahead vorausgehen
wanna (= want to) willst du

dass sie Jen eigentlich nichts schuldig war, und sie rannte lachend hinter Melissa her.
Jen stand noch immer in der Tür und blickte ihr nach, weder sonderlich unglücklich noch überrascht. "Oh, never mind ...", murmelte sie.

"And this is Bernard. Twelfth grade and ex-captain of the football team", stellte Amanda einen großen afroamerikanischen Jungen vor. Er schüttelte ihre Hand so entschlossen, dass sie es bis in die Schulter spüren konnte.
"Ex-captain." Er lachte. "She makes it sound as if they **threw** me **out** of the team or something. **In fact**, I **stepped down** to **concentrate on** my **finals** this year."
"Yeah, yeah", murmelte Amanda.
"And, of course, to give this poor loser a chance", fuhr Bernard unbeeindruckt fort. "Even if Boswood Football will never be the same after me." Er boxte dem Rothaarigen freundlich gegen den Oberarm.
"Hi, I'm Aaron. Nice to meet you", sagte der. "I'm the captain of the football team. And this is Dorothy ..."
"... Stuart, nice to meet you."

to throw sb out jdn hinauswerfen
in fact in Wahrheit
to step down zurücktreten
to concentrate on sth sich auf etw konzentrieren
finals Abschlussprüfung

Kat wirbelte der Kopf, als sie sich endlich setzen konnte. Sie hatte bereits die Hälfte der Namen wieder vergessen, bevor sie den ersten Bissen im Mund hatte. Neben Amanda, Tori und Melissa saßen noch zwei weitere Mädchen am Tisch, dazu Bernard und Aaron, zwei Basketballspieler und ein eher unscheinbarer, hagerer Junge mit mausfarbenen Haaren namens William.

Sie fühlte sich wohl. Alle freuten sich, sie kennenzulernen, löcherten sie aber nicht mit Fragen. Es war eine Clique, die sich offenbar schon lange kannte, die Gesprächsfetzen waren voller Anspielungen, die Kat nicht verstand, bei denen die andern jedoch in lautes Gelächter ausbrachen.
"What do you think of William?", flüsterte Mel Kat ins Ohr, als die andern gerade über einen von Bernards Witzen lachten.
"William?", fragte Kat überrascht. Er war ihr eher unscheinbar vorgekommen.
Sie zuckte mit den Schultern. "He seems to be nice. **Rather** quiet, I like that."
"You'd never believe it, but he's **filthy rich**. Well, of course, his parents are, but he's an **only child**, so one day he'll be like Bill Gates or ... I don't know. Arnold Schwarzenegger."
"Oh." Kat wusste nicht recht, was sie mit dieser Information anfangen sollte.
"His father invented a new kind of **windscreen**", flüsterte Mel.
"Yes ...", sagte Kat, weil ihr irgendeine Form der Erwiderung angebracht schien.
"You've seen the huge company right next to the **highway**? That's them. So better be careful."
Ich soll mich in Acht nehmen?, dachte Kat verwirrt. Wovor denn?
Mel musste ihren verwirrten Gesichtsausdruck richtig gedeutet haben. "I think Amanda's interested", erklärte sie. "So it's **hands off** for everybody else, see?"

rather ziemlich
filthy rich stinkreich
only child Einzelkind
windscreen Windschutzscheibe
highway Schnellstraße
hands off Finger weg

Bevor Kat antworten konnte, beugte Bernard sich vor und fragte laut über den Tisch hinweg: "Amanda tells me you're the new member of the Golden Lions?"
"Boswood High Golden Lions Cheerleading Team", erklärte Tori halblaut.
"Well, I ..." Kat war plötzlich seltsam zumute. "Right now, I'm just filling in for this other girl, Maryanne. Just for the next **performance**. And **afterwards**, we'll see."
"Oh, it's going to be just **fabulous**", warf Melissa begeistert ein. "She did this video of 'Dirty', you know. She's just as good as Christina Aguilera." Sie drehte sich zu Kat um. "Can I have your mobile, Kat? I want to show them your video."
Kat holte tief Luft. Sie fühlte sich bedrängt, alles ging zu schnell.

performance Auftritt
afterwards danach
fabulous fabelhaft
to boot sb out jdn rausschmeißen
to blame sb jdm die Schuld geben
wrist Handgelenk
she wouldn't listen sie wollte nichts davon wissen

"I don't know. I guess I would have to talk to Maryanne first", wehrte sie ab. "After all, it was her part. I don't want to **boot** her **out**."
Plötzlich war es still am Tisch. Kat vernahm das Klappern von Geschirr und das Verrücken der Stühle.
"She won't come back", sagte Amanda schließlich kalt.
"When she had problems, her mom **blamed** ...", begann Mel und brach mitten im Satz ab. "Well, at least she thought ..."
"Oh, she blames me alright", warf Amanda ein. Ihr Lachen hatte nichts Freundliches. "Although even the doctor says that Maryanne has weak **wrists** and should have known better. Everybody told her to stop when the first problems showed, but **she wouldn't listen**.

Came to the gym and trained secretly. So, not **surprisingly**, some day she hurt her hand really badly. She had to stop completely. And now Maryanne's mom says it's my **fault** her **precious** daughter is **depressed**. She was jealous, that's all."

"Who wouldn't be?", murmelte Bernard und legte scheinbar spielerisch die Hand um Amandas Schulter. Die schüttelte sie mit einem irritierten Grinsen ab.

"She stayed on and on after our training. **Back-flips**, handstands, **handspring vaults** ... she was trying to **synchronise** with Amanda. But I guess she wasn't good enough", murmelte Tori. Sie sah unglücklich aus.

"So forget Maryanne. She's not in the team anymore", erklärte Melissa leichthin. "Actually, she's not even talking to us anymore. Her mom doesn't let her. She says the poor girl was, you know ..." Melissa riss die Augen auf und malte Anführungszeichen in die Luft: " ... **traumatized**."

"I **did**n't **force** her", sagte Amanda wegwerfend. "How could I? **Besides**, she should have been **content** with the dancing parts. She was good at that."

"But not as good as Kat", kicherte Tori. "Kat's brilliant. Just wait and see next Saturday."

"Yeah, just wait, Bernard", warf Aaron grinsend ein. "You'll see some serious football, now that the team has a **decent** captain."

not surprisingly es überrascht nicht
fault Schuld
precious heiß geliebt
depressed deprimiert
back-flip Flickflack
handspring vault Handstandüberschlag
to synchronise synchronisieren
traumatized traumatisiert
to force zwingen
besides davon abgesehen
content zufrieden
decent anständig

Beide Jungs brachen, lachend ineinander verhakt, in einen Schlachtgesang aus.
“And afterwards ...” Amanda begann im Sitzen zu tanzen und sah William dabei herausfordernd an.
“Well, Kat”, sagte William freundlich lächelnd, “I hope you’re going to be there, too.”
Alle Gesichter am Tisch sahen Kat neugierig an.
“The party!”, rief Tori. “Wake up, girl. You’re part of the team.”

A Popular Girl

The football game against Cranburry High School is on Saturday. I've got two hours of training every day (I lied to mom and said it was no more than half an hour. She's always worried about my knee. So don't tell your mother! Aunt Syb would certainly ***blow the whistle****.)*
And Janet, guess what! Today I'm giving my first German lesson to Josh. Did I mention he has wonderful blue eyes? I'll even be paid for it! Seven dollars a week. Isn't that great? I think I'm beginning to like America.
Oh, and yes, I was invited to my first party.

"Usually, the girls **stay overnight at my place** after the party", erklärte Amanda, die Kat wie selbstverständlich den Platz im Schulbus frei gemacht hatte. "Will you come **as well**?"
"Actually, I haven't asked my mom about the party yet", murmelte Kat verlegen. "I'm afraid she won't be **thrilled**, because there will be older students there. She just thinks I'm too young to **handle** it."
"Handle what?", fragte Amanda verwirrt.
"You know what mothers are like. She's afraid everybody will **get drunk** and lose control ..."

to blow the whistle (on sb) jdn verpfeifen
to stay overnight übernachten
at my place bei mir
as well auch
thrilled begeistert
to handle sth mit etw umgehen
to get drunk sich betrinken

"Get drunk?" Amanda war überrascht. "Maybe some of the guys will have a beer afterwards, I think Bernard's older brother is going to get something. But as long as William's parents are there, they'll make sure we drink nothing stronger than **fruit punch**. And usually they have a delicious barbecue. We'll leave at about ten, it's perfectly okay."

Kat wusste nicht, was sie dazu sagen sollte. Das hörte sich beinahe an wie ein Kindergeburtstag.

"Is your mother some kind of fundamentalist Christian or something like that?", fragte Amanda. "Is that why she doesn't like you to go to parties?"

"No. But after our last school party one boy **ended up** in hospital with **alcohol poisoning**", erklärte Kat trocken.

"Jesus! Did your mother find out?"

Kat verdrehte die Augen. "His parents **made sure** everybody knew. They called my mom at eight o'clock next morning."

"Oh my god, what happened?", flüsterte Amanda atemlos.

"Everybody **was grounded** for one month. And they **banned** alcohol from school parties, which was quite an **outrage** because ..."

"Wait!", kreischte Amanda so laut, dass einige der anderen Schüler sich nach ihr umdrehten. "You had alcohol at school parties?" Sie schien völlig fassungslos.

Diesmal sah Kat sie überrascht an. "If you're sixteen and can buy it anywhere anyway – why not?"

fruit punch Fruchtbowle
to end up landen
alcohol poisoning Alkoholvergiftung
to make sure dafür sorgen
to be grounded Hausarrest haben
to ban verbieten
outrage Skandal

"Alcohol is legal at the age of sixteen?" Amanda starrte sie mit großen Augen an. "Isn't everybody drunk all the time?"

"Some idiots get drunk, sure. It's like the worst, most stupid **test of courage**", sagte Kat. "Usually they **end up** throwing up all over the place. Why do you ask?"

"Here in America, you have to show **ID** to **prove** you're twenty-one to buy even a **single** can of beer", erklärte Amanda. "So drinking is, like ... it's something really special. I had a bottle of **champagne** for my fourteenth birthday, and my neighbour made me pay fifteen **bucks** for it. But as for William's party I'll ask my mom to call your mom and **clear** it **with** her."

test of courage Mutprobe
to end up doing sth schließlich etw tun
ID Personalausweis
to prove beweisen
single einzig
champagne Sekt
buck Dollar
to clear sth with sb etw mit jdm abklären
to belong to sth zu etw gehören
Greek griechisch

Schon vor dem Eingang wurde Kat von einem älteren Mädchen angesprochen.

"Hi, I'm Sharon Winterberg. I **belong to** the drama group."

"I'm Kat, hi", begrüßte Kat sie.

"We're thinking about doing a musical this year, and I thought that maybe ..."

Amanda schob sich mit einem liebenswerten Lächeln zwischen die beiden Mädchen.

"I'm so sorry, Sharon, but I don't think Kat has any free time, the training, you see ... Excuse us, please."

Sharon trat einen Schritt zurück. "Of course. Sorry."

Amanda schob Kat die Treppe hoch. "They're always planning cool musicals and they always end up doing weird **Greek** theater and absurd performance things

advanced literature Literatur Leistungskurs
nerd Dumpfbacke
to think the world of sb große Stücke auf jdn halten
sheet Bettlaken
harp Harfe
backpack Rucksack
to make it es schaffen
window seat Fensterplatz
congratulations herzlichen Glückwunsch
Run along! Ab mit euch!
curriculum Lehrplan

with Mr. Hendridge", murmelte Amanda. "He teaches **advanced literature**, you know, a total **nerd**, but Sharon **thinks the world of** him. So if you don't want to end up on stage dressed in a white **sheet** with a plastic **harp** in your hands – that's what happened to me in fifth grade – run for your life!", flüsterte sie Kat ins Ohr.
Kat lachte.
"Hey, cool **backpack**!", sagte ein älterer Typ, der ihnen auf dem Flur entgegenkam. "Where did you get that?"
Kat kannte ihn nicht. Sie blieb verwirrt stehen und sah erst ihn, dann ihren Rucksack an. "Thanks. I bought it in Berlin."
Amanda zog sie weiter.
Kat begriff erst, als auch die Direktorin, die im Treppenhausaufgang Plakate aufhängte, sie ansprach.
"Kat! I heard you're doing fine. Already **made it** into the Golden Lions, haven't you?"
Kat nickte, ein wenig peinlich berührt.
"And you already have a **window seat**."
"Yeah, she's a popular girl now", bestätigte Amanda mit einem Lächeln.
"Well, **congratulations**. **Run along**, you two, or you'll be late for class. I'll see you tomorrow. And Amanda ..."
Die Mädchen drehten sich um.
"Yes, Mrs. Hendersson?", fragte Amanda höflich.
"I guess Kat will need some help with American History, I'm sure they had a different **curriculum** in Germany.

Would you be so kind as to do the next paper with her?"
"Sure, no problem."
Kat lächelte in sich hinein. Das war es also, deshalb sprachen wildfremde Menschen sie an: Sie war ein 'popular girl' und das beliebteste Mädchen der Schule würde ihr beim Geschichtsreferat helfen. Kat lächelte.

Private Lessons

to hang out with sb sich mit jdm herumtreiben
rather lieber
nerd Streber
besides außerdem
training session Trainingsstunde
envelope Briefumschlag

"So, you're **hanging out** with Amanda and her gang?", sagte Joshs Bruder mit einem seltsamen Unterton in der Stimme, als Kat wenig später ihre Jacke in ihren Spind hängte. Sie fand nicht, dass er Josh sonderlich ähnlich sah, bis auf die lange, leicht gekrümmte Nase und die Größe der braunen Augen. Er lehnte mit einer Schulter an einem der Metallschränke in Kats Nähe, die Hände in den Taschen seines Parkas verborgen. "I heard you made it onto the Lions Team." So wie Joshs Bruder es sagte, klang es nicht nett. Kat nahm an, dass er auf Jen wartete, die einige Schritte weiter mit dem Rücken zu ihnen an ihrem Schrank stand. Wahrscheinlich wollten sie sich wieder über ihre Frösche unterhalten.

"Oh, leave her alone, Chris", wies Jen ihn zurecht. "What do you think she should tell them? Go to hell, I'd **rather** sit with the **nerds** from the science club? She has to make friends, after all. **Besides**, she doesn't know them."

"Well, thanks", sagte Kat, nicht sicher, ob sie sich über diese Einschätzung freuen sollte.

Chris zuckte mit den Schultern und schob sich die Haare aus dem Gesicht.

"I saw you yesterday", sagte Jen anerkennend, "at the **training session**. You're good … really good." Sie drehte sich zu Chris um. "Don't forget the **envelope**."

"Oh, yeah. Here you go." Chris bückte sich und zog einen zugeklebten braunen Umschlag aus seinem Rucksack, der an den Ecken leicht zerknickt war. Er strich sie schuldbewusst glatt. "With best **regards** from my brother. Josh. You remember him?"

Kat hatte das Gefühl zu erröten. "Yes, sure. He called me yesterday. He needs private lessons in German", meinte sie leichthin.

regards Grüße
set square Geodreieck
spare übrig

Chris nickte. "I don't know what's in it. He said you'd know."

"Thanks."

Kat drehte sich um und stopfte ihre Jacke in den Spind, um etwas zu tun zu haben. Sie steckte den Umschlag in eine Außentasche ihres Rucksacks, ohne ihn weiter zu beachten. Irgendetwas war mit ihrem Bauch nicht in Ordnung, sie fühlte sich, als wäre sie gerannt. Einige Bücher fielen auf den Boden, ihre Hände waren ein wenig zittrig.

"Do you want us to wait?", fragte Jen.

Kat schüttelte den Kopf. "Thanks, but I ... I must have lost my **set square** and ruler ...", stammelte sie. Ihr fiel nichts anderes ein als diese billige Lüge mit den verlegten Schulsachen. Sie wollte einfach nur einen Augenblick allein sein.

"Well, if you can't find it before math, I think I have a **spare** one somewhere", bot Jen an.

"Super. Thanks." Kat war erleichtert, dass Jen offenbar nicht sauer auf sie war, nachdem sie sie beim letzten Mittagessen stehen gelassen hatte. Nur jetzt gerade brauchte sie eine Minute für sich.

"Come on, Jen", drängte Chris. Und zu Kat gewandt fügte er sarkastisch hinzu: "You'd better hurry up, Kat. Mandy doesn't like to wait."
Kat wartete, bis die beiden gegangen waren. Kaum war sie allein, zog sie den Umschlag aus ihrer Tasche und drehte ihn um. Unbeschriftet. Er war leicht, Kat konnte die viereckige Form einer CD-Hülle ertasten. Mit unsicheren Fingern öffnete sie ihn. Darin fand sie eine DVD-Kopie von *Wächter des Tages*. Josh hatte sie einfach seinem Bruder mitgegeben, anstatt sich persönlich die Mühe zu machen. Kat ließ die Hand sinken und legte die CD langsam in den Spind. Was hatte sie erwartet? Natürlich interessierte er sich nicht für sie. Er ... Was war das?
Auf der Rückseite klebte ein gelber Zettel mit einer Nachricht:

> Meet you in front of the library at 5:30? My mom will pick us up. Regards, Josh
> PS: ... but she won't be at home all afternoon ...

Kat lehnte ihren glühenden Kopf gegen die Metalltür des Spinds und schloss die Augen.

Schon kurz nach fünf Uhr saß sie vor der Bücherei und wartete auf Josh.

hardly kaum

*Janet, I hope you can read this letter. I can **hardly** write anymore. Almost three* *hours of training, and my hands are red and* ***swollen****. I tried my first back-flips today, and managed some decent handstands. It's really hard! It looks so easy when Amanda does it. She's incredible. She can do double* ***somersaults*** *without a trampoline or anything. Some people say she could make it into the junior state team next year.*

swollen angeschwollen
somersault Salto

Kat schloss die Augen. Sie konnte Amanda noch immer vor sich sehen. Ungeschminkt und mit einem T-Shirt, das nass von Schweiß an ihrem Körper klebte, fand Kat sie schöner als je zuvor.

Amanda hatte die ganze Turnhalle überstrahlt.

Sie stand am Ende der Halle und wartete auf ihre Musik. Kat kannte diese Körperhaltung: entspannt, mit hängenden Armen, leicht von einem Fuß zum anderen wippend, um die Muskeln geschmeidig zu halten und Kraft zu sparen. Um sich die Anspannung nicht anmerken zu lassen, mit der man jede Note, jeden Ton verfolgte. Das Luftholen vor der Bewegung.

Amanda fing mit zwei Handstandüberschlägen an, dann kamen eine Radwende, zwei gesprungene Flickflacks in schneller Folge, ein Rückwärtssalto mit Schraube, dann stand sie plötzlich auf Peters Schultern, so schnell, dass Kat nicht hätte sagen können, wie sie dort hinaufgekommen war. Amanda sprang herunter, wechselte einige Worte mit Peter und ging so entspannt durch die Turnhalle zurück, als würde sie ihren Hund ausführen.

Kat hatte gespürt, dass sie den Atem angehalten hatte.

to suffer from sth an etw leiden
vertigo Höhenangst
to cancel absagen
shattered am Boden zerstört

Thank God she doesn't like to do pyramids. (One girl told me she can't: she ***suffers from vertigo****!). Otherwise, nobody would look at us at all. Oh, and one sad thing happened: the game* ***was cancelled****. They expect a thunderstorm – here, in California. Can you imagine? The last one was in 2001!*
Bernard (you remember the guy I wrote you about, the ex-captain of the football team?) was ***shattered****. And, of course, there will be no party afterwards either. I don't really care. Maybe it's all a bit too much for me. I've met so many people in the last week, I can't remember even half of them.*

Und wirklich interessieren, dachte Kat, kann mich sowieso nur einer. Aber sie schrieb es nicht auf. Nicht einmal Janet wollte sie davon schreiben, dieses ganze Gerede über Amanda und Cheerleading und Flickflacks war im Grunde nur eine Ablenkung gewesen. Seltsam, dachte Kat. Sonst haben wir nie Geheimnisse voreinander. Warum will ich ihr nichts davon schreiben?
"What are you doing?", fragte eine Stimme direkt an ihrem Ohr und Kat fuhr zusammen. Amanda stand da, dicht über ihre Schulter gebeugt, und blickte neugierig auf den Schreibblock. Sie war geduscht und geschminkt, ihre Haare glänzten wie immer. Sie wirkte, als könne nichts auf der Welt ihr etwas anhaben.
Kat klappte den Block zu und drückte ihn in ihren Schoß. Amanda schien es nicht zu bemerken.

"Oh, Kat. There's something I wanted to tell you before I forget", redete Amanda unbefangen weiter. "Don't worry about the party. We'll have our own little party anyway. My mom will call your mother to talk about the details. Are you going to take the bus today?"
Kat schüttelte den Kopf und spürte, dass sie rot wurde. Sie hätte Amanda gerne von Josh erzählt. Aber irgendwie fühlte es sich nicht richtig an, so zwischen Tür und Angel auf den Stufen vor der Turnhalle. Außerdem war es nur eine Nachhilfestunde, was hätte es da schon zu erzählen gegeben?
"My mom will pick me up in half an hour", murmelte sie stattdessen. "She feels like **acting the parent** today."

Eine halbe Stunde später ließ Kat sich Joshs Hefte zeigen.
Josh schüttelte den Kopf. "I hate German. I just hate it. **What the hell** would anybody need all those irregular verbs **for**? Is it because you hate **foreigners** and want to make their lives hell, like Hitler?"
Kat lachte. "It's not my fault."
Sie saßen bei Josh im Wohnzimmer auf dem Fußboden in der Sonne, auf dem Couchtisch lagen Joshs Deutschhefte neben einer Schale Popcorn und zwei Coca-Cola-Flaschen.
"And then these *der*, *die*, *das*. Why?", meinte Josh. "I got a C in my last vocabulary test because of stuff like ... die Mannlichkeit! *Die* Mannlichkeit! How stupid can it get?", beschwerte er sich mit theatralisch ausgebreiteten Armen.

to act the parent die Elternrolle spielen
what the hell for wozu überhaupt
foreigner Ausländer(in)

Kat überlegte. “Well, these pro ... ähm ... Pro ...” War das jetzt ein Pronomen oder eine Präposition? Sie war gut in Diktaten und Aufsätzen, aber Grammatik? Ogott, sie hatte es ja gewusst. Diese ganze Idee war von Anfang an ein Fehler gewesen.

gender Geschlecht
teaching method Unterrichtsmethode
sense Sinn
to memorize sth etw auswendig lernen
basically im Grunde

Josh beugte sich vor. “Yes?”

“These pro ... these **gender** things”, stammelte Kat.

Josh nickte ernst. “Pro-gender things”, wiederholte er.

“You know. *The* book. *The* pen.” Sie sah sich um und suchte nach Worten. *The* window. Ihr Blick fiel auf die Popcornschüssel. “*The* bowl.”

“The bowl.” Josh nickte.

“Yes. You know. The *the*”, stammelte Kat. The the, dachte sie. Allmählich bin ich reif zum Notschlachten. Ihr Kopf fühlte sich glühend heiß an.

“I hate to tell you, but you should work on your **teaching methods**”, sagte er betont unschuldig.

Kat schlug ihm ihr Arbeitsheft auf den Kopf, sie grinsten beide.

“You know what I mean.” Kat sprach überdeutlich. “*Das* Buch. *Der* Stift. *Die* Schüssel. Nobody says it has to make **sense**. You just have to **memorize** it.”

“You mean, just shut up and learn the stuff?”, fragte er.

“**Basically**, yes.”

Josh fasste sich mit beiden Händen an den Kopf. “Wow. My mom will be impressed. Learn the stuff or I’ll hit you. That’s what she’s been trying to tell me for years.”

"I mean, otherwise it's just not possible to know", fuhr Kat fort. "For example, it's *die* Schüssel. There's no reason for it. It's not as if a bowl had any ... I mean ... **female** ..." Sie suchte nach der richtigen Bezeichnung.
"You mean it doesn't have any **visible** female **features**?", fragte Josh, noch immer mit demselben unschuldigen Gesichtsausdruck.
Kat nickte dankbar.
"Like ... **boobs**?"
"Oh, shut up!" Kat spürte, wie ihre Ohren rot anliefen, und warf ihre Federmappe nach ihm. Er traf sie mit dem Kissen an der Schulter und sie bekam eins seiner Kopfkissen zu fassen.
Fünf Minuten später saßen sie keuchend am Boden. Josh hob die Hände.
"I **surrender**." Er ließ sich auf den Teppich sinken und blickte zur Decke. Seine Brust hob und senkte sich von der Anstrengung der Kissenschlacht. Die Haut an seinem Hals war ein wenig feucht, sie sah weich und braun und sanft aus. Kat hätte sie gerne berührt. Sie stand so schnell auf, dass ihr Knie knackte.
"Well ... maybe I'd better go."
"**Don't you dare**!" Josh setzte sich auf. "The deal with my mom is half an hour German twice a week, if I want to use her car. And we've got another seven minutes." Während sie noch immer zögernd dastand, fügte er mit einem Lachen hinzu: "If you want to make yourself useful, you can feed me some popcorn."

female weiblich
visible sichtbar
feature Merkmal
boobs Möpse
to surrender sich geschlagen geben
Don't you dare! Untersteh dich!

Er legte sich wieder auf den Rücken und öffnete den Mund. Kat blieb in sicherer Entfernung und warf ein Popcorn nach ihm. Es traf in sein linkes Auge. Er blies es weg. Kat nahm die ganze Schüssel, um sie über ihm auszukippen, während er sich hilfesuchend das Kissen über den Kopf hielt.

Plötzlich stand seine Mutter im Wohnzimmer. Sie stutzte einen Moment, warf einen kurzen Blick auf ihren Sohn und sagte trocken: "Don't you think this is quite an odd way of learning German?"

Josh war entschieden anderer Meinung. "These German teaching methods are great, mom", keuchte er und setzte sich wieder auf. "Just memorize, learn and shut up. I can feel my language skills improving **dramatically** already."

dramatically
dramatisch

Kat trat ihm unauffällig auf den Fuß. "I think I'd better leave now."

"Oh." Joshs Mutter hob die Augenbrauen. "I thought Josh invited you to stay for dinner."

Josh blickte lächelnd zu Kat. "If that's okay with you, Kat. We could have some hamburgers in the garden."

"You should call your mother first, dear", fügte Joshs Mutter hinzu, ohne Kats Antwort abzuwarten.

Eine Stunde später saß Kat neben Josh auf der Hollywoodschaukel. Der Sitz war so tief, dass Kat Mühe hatte, mit den Fußspitzen den Boden zu berühren, sie kam sich seltsam kindlich dabei vor. Vorsichtig stieß sie sich mit den Zehen ab und legte den Kopf zurück. Sie blickte in den Himmel und fühlte, wie die Schaukel mit ihr und Josh langsam vor und zurück schwang.

"It**'s supposed to** rain tomorrow", sagte er nach einer langen Pause.

to be supposed to sollen
whatever egal

Kat zuckte mit den Schultern. Er wandte den Kopf und sah sie an.
"What about the football game, and your cheerleading performance?", fragte er.
Kat überlegte. Amanda und die Mädchen, die Schule, ihr Auftritt, Berlin und Deutschland schienen unendlich weit weg. Im Nachbargarten zischten die Rasensprenger, es roch nach feuchter Erde und frisch gemähtem Gras.
"**Whatever**", sagte sie schließlich.
Josh wandte den Blick wieder ab und sah hinauf in den Nachthimmel. Sie saßen ganz still, die Hände so nah beieinander, dass ihre kleinen Finger sich leicht berührten. Sie zogen sie nicht weg.

The Pyjama Party

Kats Mutter saß mit einer Zeitung am Küchentisch und schlürfte ihren Milchkaffee.

coach Trainer(in)
to notify benachrichtigen
to make up for zum Ausgleich für
ruined ruiniert

"Morgen, Schatz. Wie wär's mit einem Kakao?"
"Ogott. Verdammt, Mama, warum hast du mich nicht geweckt?" Kat war den Tränen nahe, während sie, die Zahnbürste im Mund und nur halb bekleidet, die Kissen vom Wohnzimmersofa warf, um ihren Schlüssel zu suchen.
Frau Winnerk stand auf und ging zum Anrufbeantworter. Ohne weitere Erklärung schaltete sie ihn ein.
"Hello, this is Julia, Julia Strachmann. I'm afraid we haven't met yet, but my daughter Mandy is a classmate of Catherine", sagte eine unbekannte Frauenstimme. "The **coach** of the football team asked me to **notify** you that the game this afternoon has been cancelled. Sorry. So no cheerleading for the girls, and no baking for us mothers. I'm not half as disappointed as Mandy", die Stimme lachte, "anyway, to **make up for** the **ruined** day, Mandy asked me ..."
Es folgte ein lautes Quietschen, dann ertönte Frau Winnerks Stimme vom Band: "Hello? Sorry, I just ..." Die Übertragung brach ab.
"Die Mädchen treffen sich trotzdem gegen vier und du bist zum Übernachten herzlich eingeladen", fuhr ihre Mutter fort. "Hast du Lust?"

Kat packte bereits ihre Sachen zusammen, noch bevor ihre Mutter den Milchkaffee ausgetrunken hatte. “Mama, hast du mein blaues Eels-T-Shirt gesehen?”, rief sie laut aus ihrem Zimmer nach unten.

“Was hast du gesagt?” Ihre Mutter war die Treppe heraufgekommen und steckte den Kopf durch die Tür. “Ogott, Kathi!”, stöhnte sie, als sie die über den ganzen Fußboden verstreuten Klamotten sah.

“Mein blaues Eels-T-Shirt ist weg!”

Frau Winnerk seufzte. “Ich frage mich wirklich, warum ich mir die Mühe mache, deine Sachen überhaupt noch zu waschen, Katharina.”

Kat verdrehte die Augen zur Decke. Gleich sagt sie: ‘Weißt du überhaupt, wie viel Mühe das macht?’, dachte sie.

“Weißt du überhaupt, wie viel Arbeit das macht?” Frau Winnerk bückte sich und hob einen Zettel vom Boden auf.

Oh, oh, dachte Kat. Ihre Mutter las laut:

historical historisch
development Entwicklung
scientific wissenschaftlich
significance Bedeutung
invention Erfindung
telescope Teleskop
microscope Mikroskop
to consider abwägen
influence Einfluss
rationalism Rationalismus
growth Zunahme
democratic demokratisch

Analyze the ***historical developments*** *of the ‘****Scientific*** *Revolution’.*

1.1 Discuss the development of the Scientific Revolution.

2.2 Describe the ***significance*** *of new* ***inventions*** *(the* ***telescope, microscope,*** *thermometer).*

3.3 ***Consider*** *the* ***influence*** *of new scientific* ***rationalism*** *on the* ***growth*** *of* ***democratic*** *ideas.*

"Was macht denn das zwischen deiner Unterwäsche, Kat?", fragte Frau Winnerk anklagend.
"Es ist das Thema einer Hausarbeit, die ich für Geschichte schreiben soll. Amanda hilft mir. Das Mädchen, bei dem ich übernachten will", erklärte Kat, riss ihrer Mutter den Zettel aus der Hand und stopfte ihn kurzerhand mit in die Tasche. "Wenn du mir jetzt mit dem T-Shirt helfen könntest ..."
"Wow", sagte Frau Winnerk. "Eine Pyjama-Party mit Geschichtsreferat. Galileo, Newton, die wissenschaftliche Revolution ... dann brauchst du das hier wohl nicht." Sie hob die Packung mit der Haartönung in die Höhe und grinste dabei.
Kat riss ihrer Mutter die Packung aus der Hand und warf sie zurück in die Tasche.
"Danke, sehr witzig."
"... und hier ist es ja." Frau Winnerk hatte das T-Shirt unter dem Sitzpolster von Kats Sessel hervorgezogen und fragte übertrieben liebenswürdig: "Kann ich dir sonst noch irgendwie behilflich sein, Liebes?"
Kat zögerte. "Sag mal, beim Umzug hat uns Tante Suza zum Schluss doch noch diese Miniflasche Sekt zugesteckt, weißt du noch? Zum Reinfeiern am ersten Abend. Du hast sie einfach zwischen die Vorhänge gepackt, weil du nicht wusstest, wohin damit, und dir dann die ganze Zeit Sorgen gemacht, dass sie auslaufen könnte. Hast du die noch?"
Kats Mutter nickte. "Was ist damit?", fragte sie.
Kat sah sie nicht an. "Könnte ich die vielleicht ... ich meine, also, hättest du was dagegen, wenn ich sie mitnehmen würde?"

"Kat, das ist Alkohol!"
"Eine Viertelliterflasche für vier Mädchen, Mama", protestierte Kat. "Davon wird man doch nicht betrunken!"
Frau Winnerk schüttelte den Kopf. "Kat, das geht nicht. In Amerika ist Alkohol erst ab 21 erlaubt, das weißt du doch."
"Aber an Silvester hab ich letztes Jahr das Doppelte getrunken!"
Frau Winnerk schüttelte den Kopf. "Wir sind in Amerika. Manches ist hier eben anders als in Berlin. Wenn du mit sechzehn deinen Führerschein kriegst, stellst du dich auch nicht hin und beschwerst dich. Außerdem, wenn Amandas Mutter das mitkriegt, lädt sie dich nie wieder ein. Überleg doch mal, was sie davon halten wird."
"Mama. Wir sind doch nicht blöde", sagte Kat vorwurfsvoll.
"Trotzdem, Kat. Mir wäre es ja egal. Aber ich habe eine Verantwortung ..."
"Weißt du was?" Kats Stimme klang schrill in ihren Ohren. "Ich finde das ziemlich verlogen. Wenn es dir egal ist ..."
"Ach, Kat, sei doch vernünftig!" Kats Mutter ließ sich auf das Bett fallen. Sie sah plötzlich müde aus. "Kind", sagte sie ernst, "ich will mich nicht schon wieder streiten. Wie gesagt, mir persönlich wäre es egal. Ich glaube auch nicht, dass ein Viertelliter Sekt euch umbringen wird oder dass ihr sofort dem Alkoholismus verfallt. Aber wir sind nun mal nicht ..." Frau Winnerk unterbrach sich. In der Küche klingelte das Telefon. Sie

biss sich auf die Lippen und stand auf. "Entschuldige", sagte sie. "Das könnte wichtig sein. Ein neuer Job."
Sie rannte die Treppe herunter. Kat konnte hören, wie sie den Hörer abnahm, ein wenig atemlos noch von dem langen Weg. Dann fiel die Wohnzimmertür hinter ihr zu.
Sie hat gesagt, sie will sich nicht streiten, dachte Kat. Es ist ihr egal. Sie denkt nicht, dass wir Alkoholiker werden. Eigentlich könnte ich das missverstanden haben. Oder nicht?

"Yes, I understand that, Bernard", sagte Amanda ungeduldig. Sie saß mit untergeschlagenen Beinen auf ihrem riesigen Doppelbett, das Telefon ans Ohr geklemmt und mit Lockenwicklern im Haar. Sie sah mit einem strahlenden Lächeln zu Kat auf, die gerade das Zimmer betreten hatte, und winkte sie mit weit ausholenden Bewegungen begeistert zu sich.
"Yes, Bernard. Yes. I know. Listen, **I've got to go**", sagte sie, hielt den Hörer mit der Hand zu und flüsterte Kat verschwörerisch "this is taking forever" zu.

I've got to go.
Ich muss los.

Kat lächelte zurück.
Mel kam kichernd aus dem Badezimmer. Zwischen ihren Zehen steckten dicke Wattepolster. "Hello, darling", begrüßte sie Kat, beugte sich übertrieben weit vor und deutete auf ihre frisch lackierten, dunkelroten Fußnägel. "Be careful, please." Kat lächelte unsicher. Jetzt verstand sie, warum Mel ihr vorgeschlagen hatte, die Haartönung mitzubringen. Und warum Tori so laut gelacht hatte bei ihrer Frage, ob auch Jungs anwesend sein würden.

"Nice colour", sagte Kat und blickte auf Mels Zehen. "Really great."
"Yeah, isn't it?", fragte Mel stolz. Sie winkelte ein Bein an und stemmte die Hände in die Hüften wie ein Pin-up-Girl. "It was Amanda's idea. She thought it might **be worth a try**, and I ... oh **shit**!" Sie bückte sich und zog einige Wattefussel, die auf dem Lack klebten, von ihrem großen Zeh.

to be worth a try einen Versuch wert sein
shit Scheiße
to get on sb's nerves jdm auf die Nerven gehen
marvellous wunderschön

Amanda krümmte sich vor Lachen. "Listen, Bernard ... yes. Yes, I've got some friends over ... yes, okay. Bye. Bye!" Sie stellte das Telefon ab und warf es über ihre Schulter aufs Bett. "He's **getting on** my **nerves**!", rief sie und ließ sich nach hinten fallen.
"Do you want *Scream 3* or *Scary Movie*, or ... let me see ... any movie with Lindsay Lohan, or ... Tori stand in der Tür, einen Arm voller DVDs und in der rechten Hand eine riesige Schüssel Popcorn. "Hi, Kat. I've got the videos."
"And I ..." Kat sah durch den Flur und nach unten ins Erdgeschoss. Das Haus war verlassen, nur aus dem Wohnzimmer tönte eine Stimme aus dem Fernseher. Amandas Mutter übte mit einem Yoga-Video. Kat zog Tori ins Zimmer und schloss die Tür. Die Mädchen sahen sie aufmerksam an.
" ... I've got something to drink!"
Die Mädchen brachen in lautes Kreischen aus.

"It looks great", sagte Tori leise, als Kat eine halbe Stunde später aus dem Badezimmer kam. "Really, really **marvellous**."

Snow White
Schneewittchen
to grow out of sth
aus etw herauswachsen
no big deal
keine große Sache

"A bit like Mary-Kate Olsen", fügte Mel andächtig hinzu.
"I thought we'd do the **Snow White** thing", sagte Amanda stolz. Sie hatte Kat geschminkt, mit wenigen Handgriffen nur, aber das Ergebnis war erstaunlich. Kats schwarzgrau umrandete Augen wirkten riesig und die dunklen Strähnen im Haar hoben die Blässe ihrer Haut hervor.
"Besides, it will look really cool with our Lions' colors", sagte Mel. "You know, dark hair, yellow and gold."
"Let's try!" Amanda war aufgesprungen und riss ihren Schrank auf. "I think I've got one shirt I **grew out of** last year. It should fit if I can find it ..." Kleiderbügel fielen klappernd auf den Boden. "Here it is." Sie hielt eines der gelb-goldenen Cheerleader-Shirts hoch und warf es Kat in die Arme. "Try it on!"
Wenige Augenblicke später sah Kat an sich herunter. Obwohl das Shirt in der Länge und an den Armen passte, beulten sich über ihrem Brustkorb zwei leere Stellen. Kat hielt den Stoff zwischen Daumen und Zeigefinger und blickte sich zweifelnd um.
"Are you really sure about 'looking like Mary-Kate Olsen'?", fragte sie.
"Well ..." Tori betrachtete Kat von allen Seiten. "Maybe that's a bit more ... let's say ... Orlando Bloom?" Kat packte Tori am Hals und würgte sie kichernd.
"Well, I definitely don't look like Pamela Anderson", meinte Kat und grinste.
"**No big deal**", sagte Mel ruhig. "We'll find another T-shirt."

Amanda schüttelte den Kopf. "She doesn't need a new T-shirt. The first thing she needs is a decent bra."
"And maybe some toilet paper to fill it out?", fügte Tori fragend hinzu.
"Like maybe some **rolls** of toilet paper?" Mel lachte prustend und verschluckte sich. "Hell, I've got orange juice up my nose ..."
Kat lachte so laut wie die anderen.
"No." Amanda war als Einzige ernst geblieben. "What she needs ... is a **miracle**. Wait a moment." Sie zog die Tür auf und blickte den Flur hinunter. "Shut up for a moment, girls."
Die Mädchen verstummten. Eine Fliege brummte monoton gegen die Fensterscheibe. Im Nachbargarten sang ein Mann laut und falsch 'I can't get no **.... satisfaction**'. Aus dem Wohnzimmer erklang noch immer die Stimme des Yogalehrers "... **exhale** and **bend** your head **backwards** . Let the ribcage **open up** ..."
"It's the **cobra**", flüsterte Amanda. "The video is almost finished. We've got about five minutes ..."
Sie schlüpfte in den Gang und zog die Tür hinter sich zu. Die Mädchen sahen einander fragend an. Tori zog die Schultern hoch und schüttelte den Kopf: keine Ahnung.
Kurze Zeit später war Amanda zurück, ein wenig erhitzt und mit gerötetem Gesicht. Sie lehnte ihren Rücken gegen die geschlossene Zimmertür.

roll Rolle
miracle Wunder
satisfaction Befriedigung
to exhale ausatmen
to bend (bent, bent) sth backwards etw nach hinten beugen
to open up sich öffnen
cobra Kobra

"Don't ... Tell ... My ... Mom", sagte sie mit Nachdruck. "She's going to kill me if she ever finds out." Amanda zog die Hände hinter ihrem Rücken hervor. Auf den Handflächen lagen zwei durchsichtige, leicht wackelnde Kissen, abgeflacht und nicht viel größer als ein Tennisball.
"What's that?", fragte Kat verständnislos und löste damit einen neuen Lachanfall von Mel aus.

tits Titten
little helper Helferlein

"These, my dear, are your new **tits**", sagte Amanda todernst. "I told you you needed a miracle ... Mom's **little helpers**." Dann legte sie den Kopf schief und grinste. "Promise you won't tell. My mother never lets me have them, although she doesn't really need them. She had an operation last spring. She says I'm too young for that ..."
Kat verstand kein Wort und sah Tori fragend an.
Die nahm die Hände vor die Brust und zeigte einen riesigen Busen ... melonengroß. Kat brüllte vor Lachen. Amerika ... oder waren sie betrunken? Eine Miniflasche Sekt für vier Mädchen, das reichte ja wohl nicht aus, um sich zu betrinken. Trotzdem konnte sie kaum aufhören zu lachen.
"Come on!"
Amanda hielt ihr einen ihrer BHs hin, einen schlichten, weißen Halter, den sie mit den Fingern auffordernd hin- und herschwang. Kat griff danach und wurde ernst. Ihre Finger zitterten ein wenig, als sie den ungewohnten Verschluss vor dem Bauch schloss und die Träger über ihre Schultern zog. Die Einlagen auf ihrer Haut fühlten sich kalt und glibberig an, Kat konnte spüren, wie sie mitschwangen, als sie sich nach vorne beugte, um sich

das T-Shirt über den Kopf zu ziehen. Es war ungewohnt eng um die Brust.
"Wow!" Toris Blick war anerkennend, Amanda sah zufrieden mit sich aus. Selbst Mel hatte aufgehört, sich die Nase zu putzen.
Amanda ergriff sie beim Ellbogen und schubste sie Richtung Spiegel. "Like it?"
Kat hätte gern mehr Zeit gehabt. Irgendwie hatte das Verkleiden seinen Spaß verloren und war ernst geworden. Der BH fühlte sich ungewohnt an, er drückte ein wenig und erinnerte sie an die fremdartigen Kissen, die vor ihrer Brust lagen. Selbst wenn sie geradeaus blickte, konnte sie jetzt ganz unten in ihrem Blickfeld das grelle Gelb ihres T-Shirts wahrnehmen. War das normal? Sahen alle Frauen sich so?
Die Gestalt im Spiegel war Kat fremd. Wie eine ältere Schwester sah sie aus, sehr schön, kalt und künstlich. Nichts an ihr erkannte Kat wieder. Sie drehte dem Spiegel den Rücken zu.
"I don't know ...", murmelte sie vorsichtig, um die Mädchen nicht zu enttäuschen. Vielleicht, für einen Auftritt, wäre es okay. Sie hatte sich schon früher geschminkt, natürlich, bei den Auftritten im Kinderballett der Staatsoper, *Schwanensee*, *Sommernachtstraum*. Warum stelle ich mich so an, fragte sie sich. Es ist ein Kostüm, Schminke, nichts weiter. Aber irgendwie war es einen kleinen Schritt zu nah an der Wirklichkeit.
"You should wear that **all the time**", sagte Mel. "Looks great." Sie nahm eine Hand voll Popcorn und warf sie sich in den Mund. Amanda nickte zustimmend.

all the time
immer

B-cup Körbchengröße B
fake falsch
toenails Zehennägel
take sth for real etw für echt halten
some day eines Tages
breast Brust
right now im Moment
to get sth etw kapieren
glad froh
to take sb off someone's hands jdn übernehmen
to go steady with sb mit jdm zusammen sein

Kat lachte unsicher. "You can't be serious."
"Why not?", fragte Mel verständnislos.
"I feel like a Barbie doll. Like a walking, talking push-up bra", platzte Kat heraus.
Tori lachte.
"It's no more than a **B-cup**", erklärte Mel geduldig. "Maybe a small C. I've got as much."
"Yeah, but yours aren't **fake**", meinte Kat trocken.
"Well, my red **toenails** are fake. What's the difference?"
"The difference?", fragte Kat. "The difference could be that somebody **takes** this **for real**. **Some day** somebody is going to touch these ... plastic tits. What am I going to do then? Take them off?"
Tori and Amanda kicherten.
"At least, nobody expects you to take off your toenails." Mel warf lachend ein Kissen nach Kat.
"What are you thinking about?", fragte Tori, als sie wieder ernst geworden waren. "It's about looking, not touching. Nobody is going to touch our **breasts**. We don't even have boyfriends, **right now**."
Kat drehte sich zu Amanda um. "But ... I thought, you and Bernard ..."
"That was months ago", warf Amanda herablassend ein. "I wish he**'d get it**. I'd be **glad** if somebody else **took** him **off my hands**."
"**Did** you ever **go steady with somebody**?", fragte Tori freundlich.

Amanda beugte sich vor. "Am I wrong, or is your face a little bit red?", fragte sie. Sie grinste.

"She's **blushing**!", kreischte Mel.

to blush
rot werden

Kat schüttelte grinsend den Kopf. Amanda und Mel hatten recht. Ihr Gesicht fühlte sich heiß und feucht an.

"But there is somebody?", fragte Amanda und piekte ihr einen Finger in die Seite. "I can see there is somebody ..."

"I just came here last week", versuchte Kat kichernd auszuweichen. "I don't know anybody in this town ..."

"So he's from our school!" Jetzt war auch Tori interessiert und Kat war inzwischen knallrot geworden.

"Oh, come on, tell us", bettelte Tori. "We know there is somebody."

"Well", sagte Kat, "... actually ..."

The Turning Point

Drei fragende Gesichter sahen zu ihr auf. Kat hielt die Luft an und blickte zur Decke. Ohne dass sie etwas dagegen tun konnte, fing sie an zu grinsen.
"**It's nothing much** ... I just think he's cute", versuchte sie, sich herauszureden.

> **turning point** Wendepunkt
> **It's nothing much.** Da ist nicht viel.
> **tiny** winzig
> **to dump** werfen

Amanda grinste zurück. "Is it a 'just a **tiny** little bit cute' – or a 'Oh my God! Is this guy cute' kind of thing?"
Kat dachte an Joshs irrsinnig blaue Augen. An die Haare, die ihm immer wieder ins Gesicht fielen, an den sehnigen Oberkörper und die Hände, die er meist in den Taschen seiner Jeans vergrub. An den braunen Hals und die Schatten in seinen Grübchen ...
"He's okay", brachte sie schließlich hervor, und Mel brach lachend an Toris Schulter zusammen.
"Look at her! She's in love!", kicherte sie.
Kat ließ sich auf Amandas Bett fallen und sah zur Decke. Die Aufmerksamkeit der Mädchen war seltsam und ungewohnt.
"Okay. I didn't meet him at school. We went to this hamburger place – my mom and me." Die Mädchen nickten, ohne sie zu unterbrechen. Kat fühlte sich leicht und seltsam. Das kann nicht nur der Alkohol sein, dachte sie. So viel kann man gar nicht trinken ... "She – well, my mom, **practically dumped** me **in**

his **lap**. It was about the most **embarrassing** thing she has ever done to me." Die Mädchen nickten mitfühlend. "She offered to **give** him **a lift**. Then she went to the supermarket and made me wait for her in this restaurant where he was working, and so we talked."

"Mom did something like that to me last July at **summer camp**", murmelte Tori und zog die Augenbrauen zusammen. "You should have seen the guy. Red hair and **freckles** ..."

"Shhht", flüsterte Mel. "Let her talk."

"So he knew I was from Germany and asked me for some tutoring. **That's it**, basically."

"Yeah", meinte Mel und nahm sich eine Hand voll Popcorn, "but what does he look like? What does he do? Come on, don't **keep** us **in suspense**!"

Kat zog die Schultern hoch und strich sich die Haare aus der Stirn.

"I just think he's cute, that's all. Really, there isn't much to tell ..."

"Did he ask you for a date?", fragte Tori atemlos.

Kat schnitt eine Grimasse. "I'm just giving him German lessons ... Look, didn't we want to watch a video? I haven't seen *Scream 3* yet."

Aber so leicht ließen die drei sie nicht davonkommen. Sie ließen nicht locker.

"But is he interested?", fragte Mel. "Does he like you?"

"What does he look like?", fragte Amanda. "If she doesn't tell, we'll have to **tickle** her, girls ..."

lap Schoß
embarrassing peinlich
to give sb a lift jdn (im Auto) mitnehmen
summer camp Sommerlager
freckles Sommersprossen
that's it das ist alles
to keep sb in suspense jdn auf die Folter spannen
to tickle kitzeln

"He's got blue eyes ...", gab Kat schließlich Auskunft und dachte: und was für Augen. Man könnte sich verlieren darin. Sie lächelte, als sie sein Gesicht vor sich sah. "... and brown hair, a little bit curly, and he's tall, **like** five feet eight or nine ... he's in eleventh grade. And yes, I think he likes me", sagte sie und wünschte gleichzeitig, sie hätte den Mund gehalten. Vielleicht ist da ja gar nichts, dachte sie plötzlich. Ich weiß nicht mal, ob er eine Freundin hat, und überhaupt, es ist ja gar nichts passiert. "Look, I don't know. He's just a guy ... there's nothing, really", fügte sie hinzu und spürte, wie sie noch mehr errötete. "So what about that video?"
"What's his name?", fragte Tori neugierig.
"You know Chris, the guy who's doing this term paper on frogs with ...", sagte Kat zögernd.
"No!" Mel hatte sich die Hände vor den Mund geschlagen. Amanda kreischte vor Lachen.
"**You can't be serious**!", rief Tori.
"She's fallen in love with Chris!", kreischte Mel. "That's unbelievable!"
Kat warf ein Kissen nach ihr. "No, **stupid**", sagte sie. "Not Chris. It's ... it's his brother. Josh."
Schlagartig wurde es still im Raum. Mel legte das Kissen auf seinen Platz und strich sich die Haare glatt. Tori war aufgestanden und fing an, Popcornkrümel vom Boden aufzuheben. Sie wich Kats Blick aus, als sei es ihr peinlich. Keines der Mädchen sagte ein Wort.

like *hier:* etwa
You can't be serious! Das kann nicht dein Ernst sein!
stupid Dummkopf

"Oh, it's okay!", rief Amanda schließlich mit einem bitteren Ton in der Stimme. "I didn't even have a date with him! Besides, he's a jerk."
Sie stand auf und lief aus dem Zimmer. Weiter hinten im Flur konnten die Mädchen hören, wie die Badezimmertür zuknallte.
"Oh, shit!", murmelte Mel leise.
"Kat couldn't have known about it", wandte Tori ein, die Stirn unglücklich in Falten gelegt. "I'm sure Amanda will **calm down**."
"Known what?", fragte Kat. Sie war völlig irritiert wegen des abrupten Stimmungswechsels.
"Amanda will calm down? Really?", fragte Mel zynisch und zog die Bettdecke glatt.
Tori warf die Sektflasche in einen Papierkorb, zusammen mit Kosmetikverpackungen und Wattebäuschen, offenbar alles, um Kat nicht in die Augen sehen zu müssen.
Nichts erinnerte mehr an die fröhliche Party, die gerade noch hier stattgefunden hatte.
"What is it?", fragte Kat laut. "Look, you have to talk to me ..."
Tori sah unglücklich zu Boden und schwieg.
Mel war die Erste, die wieder sprach. "Amanda and Josh ...", sagte sie widerwillig. "She **had a crush on** him, but ..."
"I didn't have a crush on him", sagte Amanda kalt. Sie war wieder ins Zimmer gekommen, ohne dass die Mädchen es bemerkt hatten. Kühl und gefasst sah sie aus, mit einem freundlichen Lächeln. Nur zwei kleine

to calm down
sich beruhigen
to have a crush on sb
in jdn verknallt sein

rote Flecken auf ihren Wangen verrieten, dass etwas nicht stimmte.
Kat lächelte ihr vorsichtig zu. "Amanda ..."
Amanda beachtete sie nicht. Sie bückte sich und steckte eine Videokassette in den Rekorder, als wäre nichts geschehen.
"I thought he was cute. That was all."
"But you said ...", widersprach Tori unvorsichtigerweise.
"Oh, shut up! I was twelve", unterbrach Amanda sie wütend. "I didn't know what a jerk he was. Besides, I dumped him. Remember?" Sie hatte die Hände in die Hüften gestützt und sah die Mädchen herausfordernd an.
Wenn sie ihn verlassen hat, dachte Kat, warum regt sie sich dann so auf?
"Kat didn't know", sagte Tori leise.
"Just forget this **freak** and let's go on with our party, okay? **It's a pity about** the tutoring, but Kat will find other students ... everybody hates German."
"You really haven't seen *Scream 3* yet?", versuchte Tori, das Thema zu wechseln, aber Kat beachtete sie nicht.
"Wait", sagte sie. "What do you mean? A pity about my German lessons?"
Mel starrte Kat verwundert an. "Of course you have to tell him you can't teach him anymore!"
Wie bitte? Kat blinzelte. Ihr war kalt, als hätte jemand das Fenster geöffnet. Das hier ging alles viel zu schnell und war viel zu verwirrend. Noch vor zehn Minuten

freak Spinner
it's a pity about sth es ist schade um etw

hatte sie mit drei Freundinnen auf dem Bett gesessen, gelacht und herumgealbert. Und jetzt?
"I am sorry, I don't understand", war alles, was sie hervorbrachte.
Amanda lachte, hart und bitter. "Yes. Sure", sagte sie nur.
"You can't be friends with us and hang out with Josh at the same time." Mels Stimme war so sachlich, als würde sie etwas völlig Offensichtliches erklären.
"It's a question of **loyalty**", erklärte Tori weiter. Kat sah in ihr freundliches, sanftes Gesicht. Sie meinte es offenbar völlig ernst. "See, otherwise we couldn't trust you anymore. We tell each other everything. Everything. But Josh ... he told stories about Amanda, when they **broke up**, you know. He **was bragging** about what he did with her ..."
Kat stand auf und ging zum Fenster, lehnte ihre Stirn gegen die kalte Scheibe und starrte hinaus. Es regnete noch immer.
Vielleicht hab ich Fieber, dachte sie, mein Kopf ist so heiß ...
"It's okay", murmelte Mel beruhigend. "We know you couldn't have known ... but he's an idiot, believe us. You'll find somebody else."
"Let's not even talk about Josh anymore", sagte Amanda.
"Has she met Sam from the tenth grade yet?" Tori fing an, sich für Mels Idee zu begeistern. "You know, the one who played the **leading role** in their musical. He's

loyalty Loyalität
to break up sich trennen
to brag herumprahlen
leading role Hauptrolle

really sweet. And he just broke up with his girlfriend two weeks ago."

Kat sagte nichts. Sie dachte an Josh. An seine Hände auf der Hollywoodschaukel neben ihr. An die Art, wie er sich begeistern konnte, für Filme, Gespräche, Menschen. An die Art, wie er seinen Kopf zurücklegte, wenn er lachen musste, die Mundwinkel, die zuckten, wenn er versuchte, sein Lachen zurückzuhalten. Und seine Augen.

"I know he seems cute", sagte Tori sanft. "He laughs a lot and he has got these really incredible eyes. And of course you were **flattered** ..."

Ist es das?, dachte Kat: War ich geschmeichelt? Ein gut aussehender Typ, schon sechzehn, der sich für mich interessiert, gleich in der ersten Woche? War das nichts als Eitelkeit?

"Why do you think he hasn't got a girlfriend?", fragte Tori ruhig weiter.

flattered geschmeichelt
to have to do with sb mit jdm zu tun haben
to pick up sb jdn abschleppen
European Europäer(in)
to have one's way with sb jdn rumkriegen

"Well, who at Boswood High would **have** anything **to do with** him?", antwortete Mel zynisch. "Of course he had to **pick up** the first foreign girl who came along ..."

"Probably thinks **Europeans** are easier to ... you know. **Have his way with**", fügte Amanda leise hinzu. Sie zuckte mit den Schultern und starrte zu Boden.

"Do you really think he ..." Glaubt ihr wirklich, er wollte nichts als Sex?, dachte Kat, doch sie brachte die Frage nicht über die Lippen. Sie blinzelte, ihre Augenlider fühlten sich geschwollen und kratzig an. "It was just about ..."

"Be glad we warned you", sagte Amanda nur.

Kat starrte weiter aus dem Fenster. Sie antwortete nicht. Der Wind drehte die silbrige Seite der Blätter nach oben, er trieb den Regen fast waagerecht vor sich her. Die Straßen waren dunkel und verlassen. Ein Regenschirm hatte sich zwischen den Latten eines weiß gestrichenen Zauns verfangen und flatterte sinnlos im Wind. Eine Träne hinterließ einen salzigen Geschmack auf Kats Lippen.

Was war ich für ein Idiot, dachte sie. Natürlich. Gleich eine halbe Stunde, nachdem wir uns getroffen haben, hat er angerufen. Er ist besser in deutscher Grammatik als ich, er hat mich die ganze Zeit verarscht. Und ich ... sie wischte sich wütend über die Augen.

"I'm sorry, Kat." Tori war hinter sie getreten und legte sanft den Arm um sie. "I'm so sorry."

"It's okay", sagte Kat heiser. "I just have a **slight** headache, that's all."

slight leicht

"It could have happened to anybody."

Hätte es wirklich jeder passieren können? Jedem erstbesten Mädchen, das neu in die Stadt kam? Sie schlang ihre Arme um den Körper, um sich festzuhalten, und bemerkte dabei, dass sie noch immer die Gelkissen von Amandas Mutter in einem geliehenen Büstenhalter trug. Diese Verkleidung mit dunklen Augenrändern, Strähnchen im Haar und lackierten Fußnägeln kam ihr plötzlich fremd und lächerlich vor. Wozu das Ganze? Für wen? Das war sie doch gar nicht, was hatte das alles mit ihr zu tun? Ungebeten schlich sich Joshs Stimme in ihre Gedanken: *I hope you're not one of those brainless it girls* ... Mit einem Ruck riss Kat sich die Wäsche vom Körper und warf sie aufs Bett.

"Let's watch *Scream 3*", sagte Tori unsicher und wandte sich ab. "She'll love it."
Nein, dachte Kat, plötzlich wütend. Ich werde es nicht toll finden. Ich werde denken, dass die Hauptdarsteller hysterisch oder dumm sind. Ich hasse dieses Gemetzel auf Video. Sie strich sich die Haare aus dem Gesicht. Was ich wirklich sehen will, dachte sie, ist die DVD von Josh. Und ihr habt noch nicht einmal davon gehört. Hat er das auch erfunden? Dass wir die gleichen Sachen komisch finden oder traurig oder interessant? Hat er mir nur erzählt, was ich hören wollte? Aber er hat meinen Geschmack doch gar nicht gekannt ... Sie biss sich auf die Lippen, um nicht loszuweinen.
"Are you coming?", fragte Mel. Sie hielt die Fernbedienung wartend in der Hand.
Kat schüttelte den Kopf. Josh war nett gewesen, *bevor* er sie genauer kennengelernt hatte. Einfach nett. Und Jen mochte ihn ...
"Oh, Kat", sagte Amanda. "Just forget him. He's not worth it."
"Yes, be glad nothing happened, and just ... you know. **Delete** him from your **memory**. **Ignore** him. You'll never have to talk to him again." Mel hob die Popcornschüssel und hielt sie ihr einladend hin. Als ob das so einfach wäre.

to delete löschen
memory Gedächtnis
to ignore sb jdn ignorieren

"Yes", sagte Amanda. "Just promise yourself you'll never talk to him again." In ihrer Stimme lag eine Warnung, die nicht zu überhören war.
Kat drehte sich um und sah ihr in die Augen. Sie waren ganz dunkel und ein wenig zusammengekniffen. Ihr fiel

ein, was Mel am ersten Tag in der Cafeteria zu ihr gesagt hatte: *Amanda is interested. So hands off for everybody.*
"He didn't talk about you", sagte Kat langsam. "He didn't tell stories about anybody. In fact, he didn't even mention he knew you."
"Well, why should he?" Amanda versuchte, ihre Stimme unbekümmert klingen zu lassen.
"But he knew we were hanging out together. His brother told him. And you just said he was telling stories ..."
"Hey, everybody, didn't we want to watch this video?" Mit einem dünnen Lächeln versuchte Tori, das Gespräch zu unterbrechen. In Ihrer Stimme klang Unsicherheit mit.
"No, Tori", sagte Amanda leise. Sie ließ Kat nicht aus den Augen. "If you ask me, Kat here wants to go on talking about Josh."
"I just said he didn't talk about you", versuchte Kat sich zu verteidigen. "That's all. I thought you'd like to know."
"I'm not interested, thank you." Amanda war aufgestanden.
"I already explained it to you", versuchte Mel noch einmal, Kat auf die Spur zu bringen. "It's a question of **trust**."

trust Vertrauen

"Are you trying to say I'm lying?", fragte Amanda lauernd.
"All I said was ..." Kats Kehle fühlte sich eng und rau an, sie hatte Mühe zu atmen.
"Look", unterbrach Amanda und starrte sie an. "You came here a week ago. You didn't know anybody. You

to take sb along jdn mitnehmen
absolute absolut
to appreciate sth etw zu schätzen wissen

didn't have any friends." Ihre Stimme klang kalt und endgültig. "We **took** you **along**. We invited you to our parties. Let you join us at lunch. Presented you to the **absolute** best and coolest people in school. You might be a bit, just a tiny little bit grateful for that. At least, you could **appreciate** it." Die hektischen roten Flecken auf Amandas Wangen breiteten sich aus und bildeten einen merkwürdigen Gegensatz zu ihrer beherrschten Stimme. "But if you decide to hang out with Josh instead", fuhr sie fort, "the greatest nerd you could imagine ... if you think you can just do whatever you want, and ... why don't you just piss off and get out of my house ..." Sie trat wütend nach dem Papierkorb. Die leere Flasche kippte heraus und rollte unter das Bett.

MANDY

Am nächsten Morgen weckte die Mutter sie mit einem Tablett mit Orangensaft und Muffins. Es roch nach frischem Milchkaffee. Ungläubig blickte Kat auf ihren Wecker: elf Uhr dreizehn.
"Hallo mein Schatz, wie geht's dir? Ich wollte dich eigentlich schlafen lassen, aber eine Freundin von dir war eben da."
Ich habe keine Freundinnen, dachte Kat und rieb sich die verschlafenen Augen. Ihr Kopf fühlte sich schwer und dumpf an.
"Ich habe gesagt, dass du wahrscheinlich noch schläfst, und ihr angeboten, dich zu wecken", fuhr Frau Winnerk fort, "... aber sie wollte nicht mal reinkommen. Hat gesagt, sie sei auf dem Weg zur Kirche." Frau Winnerk kicherte leise. "Daran muss ich mich erst mal gewöhnen: Meine Tochter hat Freundinnen, die in die Kirche gehen." Kat zog die Decke über den Kopf. "Auf jeden Fall hat sie das für dich dagelassen. Ich dachte, es könnte dich interessieren."
Frau Winnerk stellte das Tablett auf den Boden neben das Bett und Kat konnte hören, wie sie die Zimmertür hinter sich zuzog und die Treppe hinunterging.
Eine Freundin von dir war da ... Ich will von euch allen nichts mehr hören, dachte Kat. Ich will auch nicht wissen, was da für ein Brief liegt und wer ihn geschrieben hat.

Sie drehte sich um und versuchte weiterzuschlafen. Aber der Brief war da. Wie ein pulsierendes weißes Rechteck lehnte er an dem Orangensaftglas und wartete auf sie. Kat schob die Decke zurück und setzte sich auf. Der Umschlag war schlicht und weiß. *Kat* stand darauf, mehr nicht, mit roter Tinte geschrieben. Die Schrift konnte Kat nicht zuordnen, sie war schön und gleichmäßig wie scheinbar alle amerikanischen Handschriften. Wenn er von Amanda ist, reiße ich ihn in klitzekleine Stückchen. Und dann streue ich ihn ins nächste Katzenklo, dachte Kat, da gehört er hin.
Sie riss den Umschlag auf und zog einen Brief heraus, ein Foto fiel zu Boden und blieb mit der Rückseite nach oben liegen. Kat beachtete es nicht. Sie drehte den Brief um und las als Erstes die Unterschrift: Tori.

back then damals
outsider Außenseiter(in)
during *hier:* in
to make fun of sb sich über jdn lustig machen
touchy empfindlich
no matter egal
to accept sb jdn akzeptieren

Dear Kat,
I'm so sorry about yesterday. I really like you a lot. I've known Amanda since elementary school. Amanda was different **back then**.
She was an **outsider**, we were the only friends she had. **During** elementary school she had problems with one of her eyes, and had to wear really thick glasses, and everybody **made fun of** her. She was also very **touchy**. So **no matter** how good she was in school or sports (she was fabulous even then), nobody would **accept** her. She was the unhappiest girl you can imagine.

Oh mein Gott, dachte Kat, ich will diesen Mist nicht lesen. Was soll das? Sind wir hier bei Oliver Twist? Sie faltete den Brief zusammen und hob das Foto auf. *Tori and Mandy before the operation – Summer 2003*, stand auf der Rückseite. Kat konnte der Versuchung nicht widerstehen und drehte es um. Das Bild vorne zeigte zwei Mädchen, etwa zehn Jahre alt. Die kindliche Version von Tori war unverkennbar: das gleiche rote Haar, achtlos zu einem Pferdeschwanz gebunden, die Augen von der Sonne geblendet und ein wenig zusammengekniffen. Sie trug ein blassrosa T-Shirt mit einem blauen Barbie-Bild. Amanda neben ihr lächelte nicht. Sie sah blass und verängstigt aus in einem grünen Krankenhausnachthemd. Eines von Amandas Augen blickte trotzig und wütend in die Kamera. Das andere war an den inneren Augenrand gerollt und sah aus, als würde es auf den Boden starren. Kat schob das Foto vorsichtig zurück in den Umschlag und las weiter.

flu Grippe
somehow irgendwie
row Streit
to bully sb jdn schikanieren
to push sb around jdn herumschubsen
mostly hauptsächlich
to call sb names jdn beschimpfen
to defend sb jdn verteidigen

The first summer of high school we had this family barbecue for everybody in fifth grade. And Josh was there with Chris and his parents. I don't really know what happened, I was sick with ***flu*** *and couldn't be there.* ***Somehow*** *Mandy – she called herself Mandy back then – got into a* ***row*** *with some of the girls. They were* ***bullying*** *her and* ***pushing*** *her* ***around****, but I guess* ***mostly*** *they were* ***calling*** *her* ***names****. I think that was what hurt her most, anyway. You know how cruel girls can be. And Josh* ***defended*** *her.*

She fell in love with him immediately. All through fifth and sixth grade, even after she had her operation and everybody suddenly realized how beautiful she was, she had this crush on Josh – although he really isn't all that interesting, compared to the boys she could ***have dated*** *– like Bernard or William.*

to date sb mit jdm ausgehen
to overhear sth etw aufschnappen
to admit zugeben
it doesn't matter es spielt keine Rolle
to compete in the State Championship bei den Landesmeisterschaften antreten
treason Verrat
for an eternity seit Ewigkeiten

I don't know what went wrong. They stopped dating, and Amanda told us she'd ***overheard*** *some stories, although I don't know them myself. About your fight yesterday, I know Amanda is sorry. Although she'**d** never* ***admit*** *it.*
But, as Mel tried to explain you, ***it doesn't matter****. I like you a lot, and we need you for the team if we want to* ***compete in the State Championship*** *– but you can't hang out with us and a boy like Josh at the same time. It would be like* ***treason****, see?*
You have to make a decision. For me – for Mel and me – the decision is made. I'm sure you understand. We've known each other ***for an eternity****.*

XXX Tori

PS: Please remember to give the photo back. It's the only picture I have of Amanda from before the operation. She hated being photographed.
PPS: I think Bernard is interested in you. Think about it.

Am Montagmorgen saß Amanda auf ihrem gewohnten Platz im Schulbus. Sie starrte aus dem Fenster und mied Kats Blick. Ihr Rucksack lag neben ihr auf dem zweiten Sitz.
"Hi ..." Kat blieb unschlüssig stehen, während sich hinter ihrem Rücken die Fünftklässler vorbeidrängten.
"Sorry ... could you please let me pass ...", beschwerten sich einige. Die Ungeduldigeren riefen: "Why don't you just move on?"
Amanda blickte noch immer aus dem Fenster, als ginge das alles sie nichts an.
"Look, Amanda, I think we have to talk", versuchte Kat es noch einmal. "Tori wrote me a letter, and ..."
Amanda drehte sich um und sah Kat an. Kat starrte in die Augen, die Mandy früher das Leben zur Hölle gemacht hatten. Es war nichts zu sehen.
"I'm sorry, I think I'm **getting a cold**. So you'd better not sit here today, okay?", sagte Amanda kalt und wandte sich wieder ab, bevor Kat etwas erwidern konnte. Einer der Fünftklässler stieß Kat einen Ellenbogen in den Rücken, sie schwankte ein wenig.
"Okay, girl, why don't you sit down", sagte die Fahrerin über das Mikrofon. "I would like to **get going**."
Kat biss sich auf die Lippen und ließ sich auf den nächsten freien Platz fallen.

to get a cold
sich erkälten
to get going
losfahren

Ich hätte es auch so begriffen, dachte Kat. Auch ohne dass Mel sich umdrehen und dringend etwas in ihrem Spind suchen musste, als sie sich begegneten. Tori kam spät zum Unterricht und ließ einen Zettel in Kats Schoß fallen, als sie an ihr vorbeiging. Kat wartete, bis die Lehrerin damit beschäftigt war, einige Arbeitsblätter auszuteilen, und rollte ihn dann unter der Bank auseinander.

Please think about it.

Yeah, dachte Kat, als ob ich das ganze Wochenende etwas anderes getan hätte. Aber kannst du verdammt noch mal nicht einmal mehr mit mir reden?

Nach der zweiten Stunde auf dem Weg zum Physiksaal merkte Kat, dass die anderen Bescheid wussten. Jen grüßte mit einem schiefen Grinsen. Maryanne sah noch bitterer aus als zuvor, einige andere Mädchen konnten ihre Schadenfreude kaum verbergen. Kat hörte sie kichern, als sie an ihnen vorbei zu ihrem Platz ging. Die meisten wichen Kats Blicken aus.
Sie hat telefoniert, dachte Kat, Amanda hat telefoniert. Sie hat sich die Mühe gemacht, es überall herumzuerzählen. Ich frage mich, was sie ihnen gesagt hat.
Nach der fünften Stunde versuchte Kat nicht einmal mehr, mit ihren Klassenkameraden zu reden. Sie packte ihre Biologiesachen so langsam zusammen, dass sie das Zimmer als Letzte verlassen konnte, damit die anderen nicht gezwungen waren, ihr extra auszuweichen. Oder um ihnen nicht die Gelegenheit zu geben, ihr die kalte Schulter zu zeigen. Und um nicht mit Jens Mitleid konfrontiert zu werden. Aber Jen schien ihre Lage zu verstehen und hielt sich zurück.

Die anderen saßen bereits an ihrem Fensterplatz in der Kantine, als Kat ihr Essen geholt hatte. Unschlüssig stand sie mit dem Tablett in der Hand in der Mitte der Cafeteria. Josh war nirgends zu sehen.
Bernard grüßte mit einem kurzen Nicken zurück, als Kat ihm zuwinkte. Er lächelte nicht. Nur William hob die Hand zu einem kurzen Gruß. Kat fing Amandas wütenden Blick auf und dachte: danke, William. Auch wenn du mir damit nicht hilfst ...
Amanda hob ihren Rucksack hoch und stellte ihn demonstrativ auf den freien Stuhl neben sich. Sie sah dabei noch nicht einmal in Kats Richtung, sondern sprach ruhig weiter. Tori saß still daneben und blickte unglücklich auf ihren Teller.
Kat drehte sich um und ließ sich fast blind auf den erstbesten freien Stuhl fallen, stellte das Tablett auf den Tisch und fing an, ihren Apfel zu zerteilen. Sie sah, dass ihre Finger zitterten, konnte es aber nicht ändern. In ihrem Rücken hörte sie Amandas Lachen. Kat warf ihren Apfel so wütend auf das Tablett, dass der Orangensaft umkippte und sich über ihr Schnitzel und die Tischplatte auf den Boden ergoss. Sie hätte schreien können vor Wut.
Sie nahm ihre Serviette und begann schweigend und mit wütenden, schnellen Bewegungen die Flüssigkeit aufzusaugen. Sie riss eine weitere Serviette aus dem Ständer auf dem Tisch und bückte sich, um den Saft vom Boden aufzuwischen. Sollte Amanda sich doch amüsieren, wie sie auf allen vieren unter den Tischen herumkroch. Sollte sie doch lachen ...

Kat raffte die durchweichten Serviettenreste zusammen und stand so schnell auf, dass sie sich den Hinterkopf an der Tischplatte stieß. Sie hielt sich leise fluchend den Kopf.

"Hi."

Kat fuhr herum. Josh stand ihr gegenüber, ganz nah.

Kat war so überrascht, dass sie versuchte, ihm höflich die Hand zu geben, bis sie bemerkte, dass aus der Serviette, die sie ihm hinstreckte, noch immer Flüssigkeit tropfte. Ihre Hände waren nass und verklebt von Orangensaft.

"Oh. Hi", sagte sie schließlich.

Sie sahen sich nur an. Ihr fiel zum ersten Mal auf, dass er sich rasierte, unter seinem linken Ohr hatte er ein paar Haare vergessen. Kat schluckte.

"Listen", sagte Josh nach einer Weile. "About Friday ... our German lesson. I'm not sure if I'll be able to make it ... we have some trouble in the family. I might have to work."

Kat nickte. "Yes. Sure."

"I'll call you."

"Okay", sagte Kat und erinnerte sich an seine Frage damals im Restaurant: *Can you do two-word sentences, too?* Aber ihr fiel nichts anderes ein, was sie noch hätte sagen können.

"Well ...", sagte er schließlich, "I've got to go ..."

Josh ging rückwärts, ohne sie aus den Augen zu lassen, bis er an den Stuhl eines anderen Schülers stieß. Dann erst drehte er sich um. Sie sah ihm nach, bis er mit seinen Freunden durch die Tür verschwand. Seine Schultern, das leicht verwaschene Blau des T-Shirts, darüber die braune Haut, die unter den Haaren im Nacken verschwand, mehr Flaum als Frisur ... als hätte ich noch nie einen Jungen gesehen, dachte Kat. Jeden Tag bin ich an so etwas vorbeigelaufen, hundertfach, und nie habe ich einen Gedanken daran verschwendet ... Immerhin kam er sich wahrscheinlich genauso blöd vor wie sie sich. *Oh. Hi. Sure.* Wer hätte gedacht, dass es sich so bescheuert anfühlen kann, verliebt zu sein.

Verliebt! Die Erkenntnis traf sie wie ein Blitz. Kat blieb so plötzlich stehen, dass ein Mädchen hinter ihr sie mit dem Tablett anrempelte. Kat beachtete sie nicht. Sie lächelte. Verliebt. Sie stand allein zwischen all ihren Mitschülern, starrte auf einen zerkratzten und mit Klebstoffflecken übersäten Esstisch in der Kantine und dachte an Joshs blaue Augen.

Und er?

Dann bemerkte sie, dass der Orangensaft aus ihrer Serviette noch immer zwischen ihren Fingern hindurch auf den Boden tropfte.

Between two Stools

between two stools zwischen zwei Stühlen
to warm up sich warmlaufen

"Wait a minute!"
Kat war auf dem Weg zur Bushaltestelle, als sie hörte, wie die Sportlehrerin nach ihr rief.
"Kat? Kat, is that you?"
Kat drehte sich um. Mrs. Lippet kam die Treppe heruntergelaufen, eine Sporttasche über die Schulter geworfen, die Haare zu einem Pferdeschwanz zusammengebunden. "Where are you going, girl? The others are **warming up** already. You didn't forget our training session, did you?", fragte Mrs. Lippet.
Kat sah zu Boden und spürte, wie ihr das Blut ins Gesicht schoss. "I ... I don't think I'll be coming today ...", stammelte sie. Sie wusste nicht, wie sie es erklären sollte, ohne die Schuld auf Amanda zu schieben. "We ... I mean ..." Kat wich Mrs. Lippets Blick aus, sie wollte nicht petzen. Sie biss sich auf die Lippen und schwieg.
"Okay. I see", murmelte Mrs. Lippet schließlich.
"I don't think they want me anymore", platzte Kat heraus. Mrs. Lippet sollte nicht denken, es sei ihre Schuld. Sie wollte nicht noch einen Menschen enttäuschen.
"Was it Amanda?", fragte Mrs. Lippet ernst.
Kat schüttelte mit zusammengebissenen Zähnen den Kopf.
"Catherine." Mrs. Lippet nahm Kat bei den Schultern und zwang sie, ihre Augen zu heben. "Catherine, listen to me. This is my team. Mine. Not Mandy's. Not anybody

else's. Mine. Do you understand that?" Kat nickte unglücklich. "And **I would very much like you in**." Mrs. Lippet lächelte. Kat blickte blinzelte ein paar Tränen weg. "But I ... if they don't want me ..."
"They will calm down, just **wait and see**", fuhr Mrs. Lippet fort. "They need you. You are Amanda's ticket to the State cheerleading championships, see? She won't repeat the mistake she made with Maryanne. So **off you go**." Mrs. Lippet drehte Kat an den Schultern herum und schubste sie sanft Richtung Sporthalle.
Kats Beine fühlten sich seltsam steif an, als sie neben Mrs. Lippet über den kurzen Rasen lief. Am liebsten hätte sie sich in ihrem Bett vergraben. Aber noch war sie im Team. Noch konnte sie tanzen.
Als Kat sich auf die Bank setzte, um ihre Schuhe zuzubinden, sagten Mel und Amanda kein Wort.
"Hi, Kat, we were afraid you forgot", flüsterte Peter ihr zu, als sie die Halle betrat. "I'm glad you made it."
Tori, Meredith und Doreen lächelten.
Erst nach der Stunde kam Amanda auf sie zu. "Looks really good already", meinte sie anerkennend. "Just the **drop** at the end – that could be a little more **spectacular**. You know, just to make the **spectators** believe that you could do **acrobatics**, if you wanted to. But with a good drop in the end – I was thinking about something easy, a somersault maybe – well, I think it would look great."

I would very much like you in. Ich möchte sehr gern, dass du mitmachst.
wait and see wart's ab
Off you go! Ab mit dir!
drop Abgang
spectacular spektakulär
spectator Zuschauer(in)
acrobatics Akrobatik

Even More Trouble

"Rotkappchen halbtrocken. Sekt feinster Komposition", las die Psychologin langsam vor, während sie die Sektflasche in den Händen drehte. "That's German, isn't it?"

Kat nickte stumm. Die Flasche hatte sie das letzte Mal gesehen, als sie am Wochenende unter Amandas Bett gerollt war.

Als die Direktorin sie am Morgen aus dem Physikunterricht geholt und in die Sprechstunde von Mrs. Cranetti geschickt hatte, hatte Kat sich nicht gewundert. Sie hatte damit gerechnet. Ein Vorstellungsbesuch, sozusagen. Aber das schien alles andere als ein bloßes Vorstellungsgespräch zu werden.

Die Psychologin drehte das Etikett der Flasche in Kats Richtung. "I think this is yours."

Kat ließ sich in ihren Sitz zurückfallen und versteckte das Gesicht in ihren Händen.

"Is there anything you would like to explain?" Mrs. Cranettis Blick war ernst und streng. Kat schüttelte den Kopf. "I already tried calling your mother, but I'm afraid she doesn't carry her **cell phone**", fuhr Mrs. Cranetti fort.

cell phone Handy

Wahrscheinlich hat sie es wieder in der Küche auf dem Tresen liegen lassen, dachte Kat, ein Glück. Ihr wurde schlecht vor Erleichterung. Wenn sie diesen Anruf bekommen hätte … sie hatte es Kat ausdrücklich verboten …

"My mother's very busy", brachte Kat schließlich hervor. "Maybe ... finding work here in America isn't easy for her and she's worried about paying the **rent** and my parents were divorced last fall ..." Kat merkte, dass sie stammelte. Sie atmete lang aus, um sich zu beruhigen, und fügte hinzu: "I'd be glad if we could find another way ..."

"You're worried about your mom?", fragte Mrs. Cranetti und Kat nickte.

"It was only once", murmelte Kat. "And yes, I was bragging. I wanted to **impress** my new friends. And I shouldn't have. I know all that. But it's easier said than done ..."

Die Psychologin schwang sich auf ihrem Bürostuhl leicht hin und her.

rent Miete
to impress sb jdn beeindrucken
drug test Drogentest
solution Lösung
consent Einwilligung

"At least you are very open about it. And yes, I know this is difficult", sagte sie endlich. "But I'm afraid I'll have to call your mother, anyway. That or a **drug test**, there is no other **solution**."

Erleichtert beugte Kat sich vor. "A drug test? And that's it?"

Mrs. Cranetti nickte. "We wouldn't need the **consent** of your mother, but I would rather..."

"I think I had half a glass of champagne last New Year's Eve", platzte Kat heraus. "Half a small glass. My mom gave it to me. They aren't as strict about alcohol in Germany, you see ..."

Die Psychologin konnte sich ein kleines Lächeln nicht verkneifen. "Half a glass seven months ago? And last weekend?"

this once
dieses eine Mal
to harm sb
jdm Schaden zufügen

Kat nickte atemlos.
"Well I think I'll trust you **this once**." Sie sah Kat aufmerksam an und schob dann eine Schachtel mit Donuts über den Tisch. "Here, have a snack."
Kat sah die Schachtel an. Fettflecken hatten dunkle Schatten auf der Pappe hinterlassen, der Zucker war durchweicht. Die Dinger sahen hart und ungenießbar aus, sie schienen mehrere Tage alt zu sein. Mit einem gequälten Lächeln schüttelte sie den Kopf. "No, thank you." Der forschende Blick der Psychologin wurde Kat zunehmend unangenehmer. "Can I go now?", fragte sie vorsichtig und beugte sich vor, um aufzustehen. "I don't want to miss too much of ..."
Die Psychologin schüttelte den Kopf. "You see", sagte sie sanft, "I got this bottle from a friend of yours. You know that. I don't want you to think that whoever gave me that bottle wanted to **harm** you. In fact, they were trying to help. They're worried about you."
Ja, sicher, dachte Kat. Ich bin ganz sicher, dass Amanda graue Haare kriegt vor lauter Sorge um mich. Sie ließ sich wieder auf den Stuhl fallen und verschränkte trotzig die Arme.
"And not about the alcohol", fügte Mrs. Cranetti bedeutungsvoll hinzu.
Warum auch, sie haben ja schließlich selbst davon getrunken, dachte Kat.
"Yes?" Es kam falsch heraus, trotzig und wütend und in genau dem Tonfall, der ihre Mutter immer zur Weißglut trieb. Aber Kat hatte die Schnauze voll. *They were worried about you ...* Amanda, diese scheinheilige Ziege!

"What is your BMI, Catherine?", fragte Mrs. Cranetti ernsthaft. Jede Andeutung eines Lächelns war aus ihrem Gesicht verschwunden.
"My what?" Kat war völlig verblüfft.
"Your **body mass index**. You know quite well what I'm talking about."
"How should I know?"
Die Psychologin beugte sich weit über ihren Tisch vor. "You'd better take this seriously, my girl."
Plötzlich musste Kat lachen. "Oh, you think I'm too thin? I'm **anorexic**, is that what they told you?" Mrs. Cranetti wartete schweigend. "We had this problem before, in Germany. It's just that I am very thin. I mean, I always was. A tiny baby, a **skinny** child. My father is very thin. It's nothing, really. I eat a lot. In fact, I think I'm too thin ..." Kat unterbrach sich. Ich plappere, dachte sie, aber es ist die Erleichterung. So ein Schwachsinn! Sie versuchte, die Geschichte mit einem Lachen zur Seite zu wischen. "Look, we even went to a doctor once. You just have to ask my mother and ..."
"I thought your mother was too busy?" Kat biss sich auf die Lippen. "**Eating disorders** are very serious, Catherine", erklärte die Psychologin eindringlich. "Did you know that **one out of five sufferers** die from them? One out of five, Catherine! That means that eating disorders are more dangerous than many forms of **cancer**! If you have problems, or **suspect** that a friend isn't eating properly, you should ask for help immediately."

body mass index Körpermassenzahl
anorexic magersüchtig
skinny mager
eating disorder Essstörung
one out of five jede(r) fünfte
sufferer Kranke(r)
cancer Krebs
to suspect befürchten

"I eat enough", murmelte Kat trotzig.
"There's no difference between not eating enough and doing too much sport. **Sweating off calories** is just as bad as **starving**, Catherine. **Excessive long distance running**, or swimming for miles, or training too much ... all that can be part of an eating disorder, you know that?"

sweating off calories hoher Kalorienverbrauch durch Sport
to starve hungern
excessive übertrieben
long distance running Dauerlauf
to prove sth etw beweisen

Genau genommen hatte Kat das nicht gewusst. Sie hatte immer gedacht, Essstörungen hätten nur mit Diät zu tun. Sie wusste nicht mehr, was sie sagen sollte. Die ganze Situation schien ihr völlig absurd.
"Catherine. I think you need help." Mrs. Cranetti lächelte ihr zu und streckte die Hand über den Tisch. Ihr Lächeln kam Kat kalt und berechnend vor.
"Okay." Kat stand auf und griff nach der fettigen Schachtel. "You think I don't eat enough?" Sie stopfte sich zwei Donuts in den Mund und begann wütend zu kauen. Bevor sie den ersten hinuntergeschluckt hatte, schob sie den nächsten hinterher, dann den nächsten. "Here. Okay now?", fragte sie mit vollem Mund.
Mrs. Cranetti schüttelte traurig den Kopf. "They didn't tell me you were anorexic, Catherine."
Kat, die gerade dabei gewesen war, sich den fünften Donut in den Mund zu schieben, erstarrte.
"They told me they heard you throwing up in the bathroom", sagte Mrs. Cranetti. Ihre Besorgnis klang jetzt wirklich echt. "You'**re** not **proving** anything."

Bulimie, dachte Kat, sie haben ihr erzählt, ich hätte Bulimie. Und ich habe es ihr gerade bestätigt, als ich die Donuts in mich hineingeschaufelt habe. Sie muss es für einen Fressanfall halten. Und so wie ich aussehe … ohne meine Mutter kann ich gar nichts beweisen. Aber wenn sie Mama anruft, wird sie das mit dem Sekt erfahren … Kat ließ sich wieder auf ihren Sitz fallen.

"So we have two **options**." Die Psychologin schob die Papiere auf ihrem Schreibtisch zusammen und zog einen Kalender zu sich heran.

"**Either** I call your mother …" Sie ließ das Ende des Satzes unausgesprochen und blickte Kat unverwandt an. Kat schüttelte schweigend den Kopf. "… **or** you join our eating disorder **therapy group** for one month. Then we'll decide how to **proceed** from there."

option Möglichkeit
either ... or entweder ... oder
therapy group Therapiegruppe
to proceed fortfahren
illness Erkrankung

Kat blickte auf ihre Hände in ihrem Schoß und murmelte: "Okay." Eine Therapie für Essstörungen. Einen Monat würde sie es aushalten. Sie wollte nur noch raus.

"See you Friday afternoon, then", sagte Mrs. Cranetti freundlich und erhob sich. Sie streckte ihre Hand über den Schreibtisch, um Kat zu verabschieden.

"Friday afternoon?" Kat fuhr auf. Josh! "Not on Friday, please", bat sie. "I have my cheerleader training, and afterwards …"

"Catherine!" Die Stimme der Psychologin klang scharf. "I'm telling you – this **illness** is fatal for 20 percent of sufferers. You might be in serious danger! And all you can think about is training … Stop this now! Do you want me to call your mom?"

"Everything alright?", fragte Jen, als sie Kat im Flur bei den Stahlschränken traf. "You look a bit ..."

"Yes, thank you, everything is **bloody perfect**", schnappte Kat.

"Whoa." Jen packte ihre Bücher unter den Arm und schlug die Schranktür zu. "I was just asking."

"Jen ... listen. I'm sorry. It's got nothing to do with you ... but. Oh shit. This has ... I just had this ... **never mind**." Kat schüttelte den Kopf und unterbrach sich unglücklich. Sie hatte keine Chance, irgendetwas zu erklären, ohne als Petze dazustehen. Oder ohne zu erzählen, dass Josh der Auslöser war.

"Well, whatever it is, I suggest you do something about it." Jens Stimme hatte ein wenig ihrer sonst üblichen Wärme verloren. Sie schloss ihren Schrank ab und ging, ohne auf Kat zu warten.

bloody perfect verdammt großartig
never mind Vergiss es!
to get out of hand außer Kontrolle geraten
to giggle kichern
after all am Ende

You know, Janet, I know Jen is right. This situation ***is getting out of hand****.*

I've got all this trouble, and Josh doesn't even know about it. He doesn't even care. I never see him and he doesn't have time. It's just not funny. It's not fair. And it's not like anything a person in love would do, is it?

I tried to call him about it – if nobody saw us together, I wouldn't be in any trouble – but twice he wasn't there. The third time I called, the phone was answered by a ***giggling*** *girl. Maybe he isn't really interested* ***after all****. I feel so lonely.*

I miss you. Kat.

Am Abend saß Kat mit einer Schachtel Pizza vor ihrem Computer und kühlte ihr Knie, als ihre Mutter an die Zimmertür klopfte.

“Kathi? Tut mir leid, dass ich so spät dran bin ... es hat etwas länger gedauert und dann stand ich im Stau ...”, entschuldigte sie sich. Kat konnte sehen, dass sie ein schlechtes Gewissen hatte.

“Kein Problem. Ich bin selbst erst vor einer halben Stunde heimgekommen”, sagte sie.

Ihre Mutter schien außergewöhnlich gut gelaunt zu sein. “Schön. Willst du noch runterkommen? Ich glaube, es kommt ein Film mit Bruce Willis.”

Kat schüttelte den Kopf. “Ich muss noch mein Referat für Geschichte zu Ende schreiben.”

“Okay. Wenn du mich brauchst, ich bin unten.” Ihre Mutter drückte ihr einen Kuss auf die Stirn und warf einen misstrauischen Blick auf den Eisbeutel, der schräg auf Kats linkem Knie lag. “Bist du sicher, dass du dich nicht übernimmst? Der Arzt hat gesagt, du sollst das Knie noch mindestens ein halbes Jahr schonen.”

“Ich bin blöd aufgekommen, ist schon okay.” Kat war kurz angebunden, sie ärgerte sich über sich selbst. “Ich pass schon auf, keine Angst”, sagte sie noch.

Ihre Mutter schien nicht überzeugt. “Kathi, du kannst dir keine weitere Operation ...”

Kat unterbrach sie. “Mama, bitte. Ich muss das Referat noch fertig kriegen.”

“Du siehst nicht so aus, als ob du wie verrückt arbeiten würdest”, sagte ihre Mutter scharf. Sie hasste es, von Kat unterbrochen zu werden.

"Ich warte auf eine Mail von Jen", erklärte Kat, wischte sich die Reste der Pizza von ihren Fingern und öffnete ihre Mailbox. "Ich brauche ein paar Adressen. Nachschlagewerke, Lexika und so."
Jens Mail war da. Kat las, während ihre Mutter ihr über die Schulter schaute.

Hi Kat, I'm sorry I haven't got much time. About your history paper: I'll just send you my favorites, you can ***pick*** *whatever you like. I found some good information on www.historychannel.us, and on www.homework.co.uk. Be careful not to copy too much from there,* ***though****, some teachers check the websites. (If you need to copy something in a hurry, I can send you the address of an international school in* ***Singapore****, they work in English, and nobody's* ***bothered*** *to look them up yet.) Anyway, there' s more in the* ***attachment****.* ***Good luck*** *and xxx, Jen*

to pick aussuchen
though aber
Singapore Singapur
to bother sich die Mühe machen
attachment Anhang
good luck viel Glück

"Ich dachte, du wolltest das Referat mit deiner Freundin Amanda zusammen schreiben", sagte ihre Mutter verwundert.
"Dachte ich auch", meinte Kat trocken und dachte an das Gespräch vor drei Stunden. "Sie hat leider keine Zeit."

"Amanda?" Kat hatte sich ihr nach dem Training in den Weg gestellt und ihr keine andere Wahl gelassen, als zu antworten.

"Yes? Can I help you, Catherine?" Alles an Amanda war freundlich und hilfsbereit gewesen, wenn auch distanziert. Kat bemerkte, dass die Sportlehrerin in der Nähe stand.
"About the paper for history class", hatte Kat trocken gesagt, ohne auf Amandas Lächeln einzugehen. Ihr eigener Tonfall kam ihr barsch und unhöflich vor, verglichen mit Amandas betonter Liebenswürdigkeit.
"Oh. Yes. The paper." Die Frage schien Amanda unangenehm zu sein. "Look, I'm really sorry. I haven't got any time. We're going to the cinema tonight, me and everybody else. The new Will Smith", fuhr Amanda fort. "Have you seen it?"
"No", sagte Kat kurz und verzog ihren Mund zu einem Lächeln, das so falsch war wie das von Amanda. "But I hope you have a good time. What about the paper?"
Amanda hatte die Schultern gehoben. "Why don't we **divide** it **up**? I'll do the first two paragraphs, you can do the last. Okay?"

to divide sth up
etw aufteilen

Kats Mutter beugte sich über die Aufgabenstellung auf Kats Schreibtisch und las sie zweifelnd durch. "Schaffst du das?"
Kat hob die Schultern. "Wird schon gehen", sagte sie mit einem schiefen Lächeln. Im Grunde könnte sie alles aus dem deutschsprachigen Internet kopieren, fiel ihr ein. Sie müsste einfach nur vom Deutschen ins Englische übersetzen. Das war noch besser als Jens Tipp mit der Schule in Singapur. Aber was soll's ... ich hab ja Zeit, dachte Kat bitter. Ich kann das Ding genauso gut richtig schreiben. Ich gehe heute Abend ja nicht ins Kino ...

You're the best. Du bist ein Schatz.
thanks a million tausend Dank

Hi Jen,
You're the best*, (especially your tip about the school in Singapore, but I won't need it).* ***Thanks a million****. Kat.*

Als Kat am nächsten Tag ihre Schranktür aufschloss, um ihre Jacke hineinzuhängen, lag ein gelber Zettel auf ihren Büchern. Er war einfach zusammengefaltet, die Ränder unregelmäßig gezackt, als ob er in Eile aus einem Heft gerissen worden wäre. Jemand musste ihn durch die Lüftungsschlitze des Stahlschranks geschoben haben. Kat stellte ihren Rucksack auf den Boden und faltete den Zettel vorsichtig auseinander. Sie spürte, dass sie die Luft anhielt.

Dear Kat,
Sorry, but I can't make it on Friday. Maybe next Monday? I'll call you. Josh.

Kat knäulte das Papier zu einem festen kleinen Ball und warf ihn Richtung Papierkorb. Er prallte vom Rand ab und kullerte über den Fußboden. Kat ließ ihn liegen, schlug die Schranktür zu und lief den Gang hinunter, ohne die Jacke in den Schrank gehängt zu haben.
Bernard und Amanda standen heftig gestikulierend auf der Treppe, als Kat zu ihrer ersten Unterrichtsstunde ging. Amanda sah kühl aus, ein wenig genervt. Sie strich sich das Haar aus dem Gesicht wie Kats Mutter, wenn sie Migräne hatte. Bernard sah erhitzt und

unglücklich zu Boden. Kat blieb zögernd am unteren Ende der Treppe stehen, um die beiden nicht zu unterbrechen.

"Hello, Kat", murmelte Bernard.

"Hi, Bernard. Amanda. I don't want to interrupt ..."

Bernard holte scharf Luft und richtete sich auf. "No, it's alright. We **were done**, anyway."

to be done fertig sein
whew puh
to wish wünschen

Kat konnte den Schmerz in seinen Augen sehen. Sie haben sich gestritten, dachte sie. Amanda will nichts von ihm wissen und ihm ist es egal, wenn er sich ihretwegen lächerlich macht ... er weiß es und kann nichts daran ändern.

"Yes", murmelte Amanda, ohne ihn anzusehen. "Yes, I guess we were done." Amandas Mund war schmal. Kat dachte an ihr letztes Gespräch mit Josh, wie sie durch die Worte gestolpert war, unbeholfen wie eine Dreijährige. Sie sah Bernard mit einem neuen Verständnis an und lächelte.

"Okay, then ..."

Er versuchte Kats Lächeln zu erwidern und scheiterte. "I'd better go then ... a pity you couldn't join us yesterday, Kat", fügte er freundlich hinzu. "The movie was great." Ohne eine Antwort abzuwarten, drehte er sich um und lief die Treppe hinunter.

"**Whew**." Amanda stieß den Atem aus. "I **wish** he'd finally get it." Kat antwortete nicht. Ohne auf Amanda zu warten, stieg sie die Treppe hoch.

"Kat? Wait a minute, please."

"Yes?" Kat drehte sich um.

"Did you manage to write the paper for history? I feel bad about it. You're new in school, and I promised to help ..."
"It's alright." Kat war überrascht und Amandas Freundlichkeit schien ihr fast schwerer zu ertragen als ihre offene Feindseligkeit. Sie wusste nicht, wie sie damit umgehen sollte. Ob sie sich getäuscht hatte? War es wirklich Amanda gewesen, die sie bei der Psychologin angeschwärzt hatte? Hatte Amanda in der Kantine wirklich über sie gelacht? Amanda stellte ihren Rucksack auf die Treppe und zog einen roten Schnellhefter hervor. "Well, I have to talk to Mrs. Hendersson anyway, I wanted to **hand** the paper **in** today." Sie reichte Kat den Hefter.
Kat schlug ihn auf. Auf einem sauber getippten Deckblatt stand der Titel des Referats, darunter ihrer beider Namen. Kat schlug die Seite um. Amanda hatte in einem Inhaltsverzeichnis jeden einzelnen Themenpunkt aufgelistet. Ihre eigenen fünf Seiten kamen Kat plötzlich schlampig und unzureichend vor. "Mrs. Hendersson loves that stuff", erklärte Amanda gelassen. "Summary, **front page**, at the end a list of **references**, and all **quotes** underlined in black ... we've practised it since elementary school. She thinks it looks very **professional**."
"I didn't know ...", murmelte Kat unglücklich und dachte daran, wie sie gestern Abend bis nach elf Uhr über dem Referat gesessen hatte. Ich hätte es aus dem Internet kopieren sollen, übersetzen, schummeln, irgendwas, dann wäre es jetzt sauber getippt und

to hand sth in etw einreichen
front page Titelseite
reference Quellenangabe
quote Zitat
professional professionell

rechtschreibgeprüft mit den richtigen Absätzen und ohne Eselsohren – die ganze Arbeit und ich stehe da wie ein Idiot. Warum hat Jen mir nichts gesagt?
“You want me to hand yours in, too?”, fragte Amanda freundlich. “I left some space for you in the summary.”
Irgendwie passte das alles nicht zusammen.
“Did you **get** me **into trouble** with the **psychologist**?”, fragte Kat sie schließlich direkt.
Amandas Augen wurden groß. “What?”
“Did you give her the empty champagne bottle?”, hakte Kat weiter nach.
Die Schulglocke klingelte. Oben in den Gängen wurden Türen zugeschlagen, letzte Schritte klapperten über das Parkett, bis das Treppenhaus verlassen dalag.
“I don’t know what you’re talking about.” Amanda leckte sich die Lippen, unsicher und verwirrt.
“The bottle of champagne”, sagte Kat. “It ended up with the school psychologist, and only **the four of us** knew about it. So someone must have given it to her.”
“And you think I did ...?” Amanda schien fassungslos.
“Somebody did. And it **sure as hell** wasn’t me.”
“Oh my god.” Amanda schlug die Hände vor dem Mund zusammen. “Oh my god! What happened?”
Kat grinste schief. “I ended up in the eating disorder group.”
Amanda prustete vor Lachen, “Look, I’m really sorry, I didn’t know. Maybe it was one of the other girls – Mel can be quite **conniving** now and then. Maybe she was

to get sb into trouble jdn in Schwierigkeiten bringen
psychologist Psychologe (Psychologin)
the four of us wir vier
sure as hell todsicher
conniving hinterhältig

jealous, because I liked you so much. Or Tori – not that she would do anything to harm you, she's such a sweet girl – but she might have been **concerned**, really. She's quite religious, you know."

concerned
beunruhigt
to be mad at sb
auf jdn sauer sein
to make peace
Frieden schließen
suspicious
misstrauisch

Kat rührte sich nicht. "Look, I know you**'re mad at me**", sagte Amanda schließlich. "I know I was wrong. Okay? I'm sorry. Really. So about the history paper – it was an attempt to **make peace**. But of course I can understand you're **suspicious**. I guess I deserve it. Just think about it."
Amanda warf ihren Rucksack auf die Schulter und lief an Kat vorbei. "I just want you to know that I'd like us to be friends ...", sagte sie traurig.
Kat wollte es glauben. "Amanda, wait!"

Kurze Zeit später strich Amanda die Seiten von Kats Referat glatt und heftete sie mit der gleichen Sorgfalt, mit der sie ihr eigenes Referat getippt hatte, in den roten Schnellhefter. "You like it?", fragte sie Kat.
Die nickte stumm. Es sah erwachsen und professionell aus. Die Fettflecken am Seitenrand fielen kaum noch auf.

A Stupid Kiss

Kat sah Josh erst am nächsten Tag wieder, als sie nach der dritten Stunde mit Jen aus dem Biologiesaal kam. Er stand im Gang, die Hände locker in die Tasche gesteckt, mit leicht gebeugten Schultern. Neben seinem Rucksack stand ein Skateboard. Er wirkte älter als seine Klassenkameraden, selbst in der spießigen Schuluniform sah er gut aus. Kat spürte den mittlerweile vertrauten Kloß im Hals. Sie hob die Hand, um ihm zuzuwinken.

Sein Blick war ungewohnt ernst, als er ihr aus der Entfernung zuwinkte. Sie ließ die Hand wieder sinken. Irgendjemand drängelte sich hinter ihr vorbei und schubste sie vorwärts. Irritiert drehte sie sich um.

“Sorry, you’re standing in front of my locker”, sagte der unbekannte Junge.

“Sorry ...” Kat packte ihre Sachen, um Platz zu machen, und ließ dabei ihre Hefte fallen. Sie stopfte sie unbeholfen in ihre Tasche und kniff die Augen zusammen. Vielleicht schaffe ich es einmal, mich nicht wie der letzte Idiot zu benehmen, wenn er zusieht, dachte sie. Aber er hatte offenbar nichts bemerkt. Er stand neben einem rothaarigen Mädchen, sein Mund dicht an ihrem Ohr, und legte ihr sanft ihre kurze Lederjacke um die Schultern, mit dem gleichen Lächeln, mit dem er neben Kat im Garten auf der Hollywoodschaukel gesessen hatte, am ersten Tag. Kat spürte ihr Herz stolpern. Als

das Mädchen den Kopf schüttelte, zog er sie enger an sich. Sie sahen sehr vertraut aus. Kat wandte sich mit brennenden Augen ab.
“Kat, are you coming?”, rief Jen. ”Just go ahead”, murmelte Kat. Ihre Zunge brachte die Worte kaum heraus. “I'll be with you in a moment.” Sie ließ sich gegen die Wand fallen und rutschte an den Schränken hinunter, bis sie auf dem Boden saß.
Als sie aufblickte, sah sie Josh weiter unten im Gang, die Hand noch immer um die Schultern des Mädchens geschlungen.
“Are you alright?” Jen hatte sich zu ihr heruntergebeugt und schaute ihr ins Gesicht. Irgendwie schien es keinen Sinn zu ergeben, alles an diesem Tag zerfiel in kleine Stücke. Nur ihr Herz konnte Kat pochen hören, zu laut und zu heftig. Sie sah nicht Jen vor sich, sondern Joshs Lächeln. Joshs blaue Augen. Das Haar in seinem Nacken. Seine Hände auf der Jacke des fremden Mädchens und die Art, wie er sie an sich gezogen hatte ...
Er hat mir nie etwas versprochen, dachte Kat. Wir haben uns mit Popcorn beworfen und gelacht. Er mochte die gleichen Filme wie ich. Und er war nett. Nett genug, um zu der kleinen Neuen in der Schule freundlich zu sein. Oder zu dem schielenden Mädchen aus der Klasse seines Bruders. Ich bin ein Idiot, dachte Kat. Ich hab mir das alles nur eingebildet.
“Kat?”
“It's nothing, really”, brachte sie hervor. “Maybe my **blood pressure** is a bit **low**, that's all.”
“**Come on up!**” Jen reichte ihr die Hand.

blood pressure Blutdruck
low niedrig
Come on up! Los, steh auf!

Als Mrs. Hendersson in der nächsten Stunde das Klassenzimmer betrat, war ihr Gesichtsausdruck ungewohnt ernst.
"Catherine Winnerk? Could you come here for a minute, please?"
Kat erhob sich unsicher und erblickte in der linken Hand der Lehrerin den roten Schnellhefter mit ihrem Referat.
"**We haven't got all morning**, Catherine." Mrs. Henderssons Gesicht war gerötet, Kat konnte eine Ader an ihrer Schläfe pulsieren sehen. Die Schüler in der ersten Reihe mieden ihren Blick und beschäftigten sich mit ihren Federtaschen und Heften. Irgendwas lief hier falsch ...
"Is this your paper?"
Kat nickte. "Well, Amanda's and mine ..."
"You're new in this school", fuhr Mrs. Hendersson fort, ohne auf ihre Antwort einzugehen. "And you're from Europe. I don't know how this was handled in Germany. But I want you to know – I want everybody to know – that this is **unacceptable**." Mrs. Hendersson hielt den Ordner anklagend hoch und schlug ihn auf. Kat erkannte das Deckblatt, auf dem ordentlich getippt ihre Namen standen. Es folgte das Inhaltsverzeichnis mit Quellenangaben und die Computerausdrucke mit Amandas Arbeit, fein säuberlich in Absätze geteilt, die wichtigen Passagen kursiv hervorgehoben. Mrs. Hendersson blätterte weiter.
Kats Arbeit war verschwunden.

We haven't got all morning.
Wir haben nicht den ganzen Morgen Zeit.
unacceptable
inakzeptabel

"It took me no more than three minutes to find this 'paper' of yours on the Internet." Mrs. Henderssons Stimme triefte vor Sarkasmus, ihr Mund war zu einem dünnen Strich verzogen. "You didn't even **take the trouble** to **print** it **out** properly. You just **cut off** the name of the **author**, that's all."

Schweigend starrte Kat auf das Papier. Am unteren Rand fehlte ein Stück, sie konnte die unregelmäßigen Ecken sehen, die die Schere hinterlassen hatte.

"In America we call this **fraud**." Die messerscharfe Stimme schmerzte in Kats Ohren. "This **so-called 'copy and paste'**", fuhr Mrs. Hendersson zu der Klasse gewandt fort, "is nothing better than **theft**, theft of somebody else's ideas. It is **cheating** on everybody in this class, like Amanda who wrote her own paper. I will not **tolerate** this in my class." Sie wandte sich wieder an Kat, die noch immer fassungslos auf den Schnellhefter starrte. "You can sit down, Catherine. But you should know I'm disappointed. If the **assignment** was too difficult for you, you should have told me. Besides, I'm sure Amanda did her best to help. Next time, it will be an **F**. Do you understand?"

Kat nickte stumm. Sie brachte kein Wort heraus, während in ihrem Kopf alle Gedanken durcheinander wirbelten.

"Is there anything you want to tell me?"

to take the trouble die Mühe auf sich nehmen
to print sth out etw ausdrucken
to cut off abschneiden
author Autor
fraud Betrug
so-called sogenannt
copy and paste kopieren und einfügen
theft Diebstahl
to cheat betrügen
to tolerate sth etw tolerieren
assignment Aufgabe
F Ungenügend

Was gibt es da zu sagen?, dachte sie. Wenn ich betrügen wollte, wäre ich klug genug gewesen, wenigstens Jens Tipp zu befolgen, dann hätte niemand was bemerkt. Wenn Amanda ihr Bestes gegeben hat, um mir zu helfen, warum haben wir dann die Arbeit unter uns aufgeteilt? Das hübscheste und beliebteste Mädchen der Klasse wollte mich in die Pfanne hauen, weil sie auf mich eifersüchtig ist? Kat sah auf die Klasse vor ihr. Keiner erwiderte ihren Blick, nur Jen starrte irritiert auf ihren Tisch, die Stirn in kleine Falten gelegt. Mrs. Hendersson wandte sich ab, ohne Kat noch weiter Beachtung zu schenken, und verzog den Mund zu einem Lächeln. "Amanda? For you, it's an **A**. Excellent work, congratulations."

A Sehr gut
to come up dazwischenkommen
billion Milliarde

In der nächsten Pause fand Kat eine SMS in ihrer Mailbox:

Sorry I couldn't talk to you this morning. Something ***came up****. See you during lunch? Josh.*

Something came up?, dachte Kat. Das ist alles? Nach dem ganzen Terror, den ich habe? Auf solche Freunde kann ich verzichten. Sie drückte die Nachricht weg, ohne zu antworten.

Dear Janet,
Today was my first meeting with the eating disorder group. There are ***three billion*** *women who don't look like supermodels, and only about eight who do. That*

was the topic of the meeting. We discussed it for about 30 minutes – but you know what really ***made an impression on*** *me? Just being with the other girls. Seeing them* ***up close****. They looked so* ***awful****. Their hair was falling out! One sat next to me, and I could see the hair on the table and on her shoulders. And they had very white* ***fingernails****, and everybody sat there* ***shivering****. One girl had* ***bulimia*** *– she looked alright, but she smelled! And her teeth were* ***rotten****.* ***Yuck****! Just imagine that somebody could think this is sexy. (Just imagine that I belong in that group!!!) I just sat there for 30 minutes and thought about horrible things happening to Amanda.*

to make an impression on sb jdn beeindrucken
up close von Nahem
awful grauenhaft
fingernail Fingernagel
to shiver frösteln
bulimia Bulimie
rotten faulig
Yuck! Igitt!

Im Training nach der Schule hatte Kat keine Zeit mehr, über die Sache mit dem Referat nachzudenken. In fast vier Metern Höhe starrte sie konzentriert auf die andere Seite der Hallenwand, auf die Ecke der Anzeigentafel für Basketballturniere. Ihre Brust hob und senkte sich, während sie vor Anstrengung keuchte, aber sie stand die Hebung ohne große Probleme, zum siebten Mal jetzt, ein Bein über den Kopf gezogen. Peters Hände, die sich um ihr anderes Fußgelenk schlossen, gaben ihr Sicherheit.
Und eins, zwei, drei, vier, zählte Kat unwillkürlich mit, noch drei Takte, und zwei ...
Sie sackte ein paar Zentimeter ab, als sie spürte, wie Peter unter ihr in die Knie ging. Sie stimmte ihre Bewe-

gung auf seine ab und holte Schwung. Als die Gitarre wieder einsetzte, warf er sie genau im Takt hoch in die Luft. Kat schloss die Augen und zog die Beine an den Bauch. Wenn sie den Absprungwinkel getroffen hatten, würden Peter und die anderen Mädchen sie auffangen, sie verließ sich blind darauf. Schwung abgeben, auf dem starken rechten Bein landen, dann einen Schritt vor auf das linke ... aber etwas stimmte nicht. Ein glühender Schmerz fuhr durch ihr linkes Knie, als sie sich instinktiv mit beiden Beinen abfing, um nicht mit Amanda zusammenzustoßen, die zu weit hinten zum Stehen gekommen war. Kat konnte den Aufprall bis in die linke Hüfte spüren, ein Schmerz wie ein Schlag vor die Brust nahm ihr den Atem. Ihre Beine knickten unter ihr weg.

"Ooops, sorry", entschuldigte sich Amanda.

"My fault ..."

"Hey, Kat, **what's up**?" Peter half ihr vorsichtig hoch.

"Are you alright, Kat?", fragte Amanda besorgt. "I'm so sorry, but it's really hard to get the **distances** right, after a double backflip and a back somersault ..." Sie ließ keinen Zweifel daran, wer von beiden hier die schwierigeren akrobatischen Parts hatte. "But I didn't hit you, did I?"

> **What's up?**
> Was ist los?
> **distance**
> Abstand

Kat schüttelte wütend den Kopf. Sie konnte noch immer kaum sprechen.

"Is there anything I can do to help?", fragte Amanda teilnahmsvoll.

Ja, dachte Kat, fang doch bitte damit an, dass du platzt. Sie versuchte, zur Bank zu gehen, ohne zu sehr zu humpeln.

Sie saß schweigend neben Bernard und Tori auf den Stufen vor der Sporthalle und wartete auf ihre Mutter, als sie Josh wiedersah. Er lief mit einigen Freunden Richtung Parkplatz, dicht neben dem Mädchen, das er am Morgen umarmt hatte. Er schloss einen Wagen auf und half ihr auf den Beifahrersitz. Als er die Fahrertür öffnete, blickte er über das Auto hinweg in Kats Richtung. Sein Haar hing ihm in die Augen, er schüttelte es mit einer Kopfbewegung zur Seite. Er hob die Hand und winkte ihr zu, als wäre alles in Ordnung. Als könnte er am Morgen im Gang mit fremden Mädchen herumlaufen, und sich nachmittags mit ihr treffen. Als wäre nichts geschehen.

over vorbei
by chance zufällig
to yell at sb jdn anschreien
to turn around sich umdrehen

It's ***over****, Janet. Josh and me, it's over even before it really began. I ended it today. We met* ***by chance****, after training. He had this girl in his car. And then he walked over to talk to me. As if nothing had happened! But I saw them together a few minutes earlier.*
You know me, Janet. Sometimes I do stupid things. Like taking the alcohol or eating all those donuts in the psychologist's office. Or ... you know.
I didn't know what to do. I wanted to ***yell at*** *him. I wanted to hit him – but why? I never told him I loved him. He never promised anything. We had German lessons, not a date. I didn't even have a right to be mad at him! But I couldn't. I just couldn't act as if I didn't care. I didn't want him to see I was crying. And I couldn't get up because my knee hurt. So I just* ***turned around*** *– and there was Bernard.*

Kat senkte den Block und schloss die Augen. Noch nie hatte ein Brief an Janet sie eine solche Überwindung gekostet. Sie brachte es kaum über sich, die nächsten Sätze zu schreiben.

I kissed him, Janet. I don't know why. Maybe to show Josh that I don't need him.
I just turned around and kissed the first guy I saw …
*I feel so awful, you can't imagine. The funny thing is – it's not the kiss or Bernard I'm feeling awful about. He's nice, you know. He was surprised and jumped back a little bit (**understandably**!), but then he seemed to enjoy it. Maybe he feels just as lonely as I do. After all, I think he's still in love with Amanda. And she doesn't care. The kiss was okay. But I didn't feel anything. When I looked around again, Josh was gone.*

understandably
verständlicherweise

All Alone

Das Wochenende verbrachte Kat auf dem Sofa, die Decke trotz der Hitze über die Schultern gezogen. Das Brennen in ihrem Knie war zu einem leichten Pochen verblasst, nachdem sie es über Nacht gekühlt hatte. Im Liegen hob sie ihr Bein und winkelte es ohne Belastung leicht an. Es tat weh. Sie würde am nächsten Schultag laufen können, wusste aber genau, dass das Knie alles andere als in Ordnung war.
Sie steckte das Bein zurück unter die Decke und griff nach der Fernbedienung.
Ihre Mutter war den ganzen Samstag und den Sonntagvormittag beruflich unterwegs und hatte einen Zettel auf dem Küchentisch hinterlassen:

Pizza ist in der Tiefkühltruhe.
Ich ruf dich zwischendurch mal an!

Kat saß vor dem Fernseher, neben sich eine Flasche Orangensaft und eine riesige Packung Chocolate Chip Cookies, und schaute eine alte Folge von *Starsky and Hutch*, als das Telefon klingelte. Der Anrufbeantworter sprang an, bevor sich Kat vom Sofa aufgerappelt hatte.

"Hi, Kat? It's Jen. Listen, I know something went wrong with your paper. And I know you felt **lousy** last week. So if you want to talk, just call, alright? I'll probably be home **all weekend**. Bye!"
Kat schob sich einen Keks in den Mund. Ich bin sicher, dass du das ganze Wochenende zu Hause bist, Jen, dachte sie. Du und ich und alle Mädchen aus der Essgestörtengruppe ... Sie schloss die Augen.

lousy hundeelend
all weekend das ganze Wochenende
to bear a grudge sauer sein
to fall for sth auf etw hereinfallen

Am Montagmorgen im Bus saß Amanda an ihrem gewohnten Fensterplatz, aber diesmal hob sie ihren Rucksack einladend hoch.
Völlig verwirrt blieb Kat stehen.
Amanda lächelte. "Oh, come on, Kat. Don't be silly", sagte sie schließlich. "Don't tell me you're still **bearing a grudge**! It was so much fun to watch your face in history class!" Sie klopfte auf den leeren Sitz neben ihr.
"I knew Mrs. Hendersson wouldn't give you an F on your first paper", erklärte sie, als Kat weiterhin schwieg. "I'll help you to make up for it. I'm one of her favorites, and Mrs. Hendersson **will fall for** anything ..."
Da verstand Kat endlich: Für Amanda war es keine unentschuldbare Bosheit gewesen, Kat zu schneiden oder ihr Referat zu fälschen. Und die Sache mit der Essgestörtengruppe amüsierte sie. Das alles war keine Kriegserklärung, sondern nur ein ernster Warnschuss, um Kat dazu zu bringen, das zu tun, was Amanda wollte.

Und sie hatte es ja auch getan. Sie war es, die Josh zum Teufel gejagt und ihr gleichzeitig auch Bernard vom Hals geschafft hatte – schließlich konnte er nach dem langen Kuss mit Kat keine Ansprüche mehr an Amanda stellen. Amanda hatte gewonnen und sie konnten wieder Freundinnen sein. Kat würde den Wonderbra von Amandas Mutter tragen, Tori dürfte wieder ohne schlechtes Gewissen mit ihr reden und Mel würde über ihre Witze lachen, während sie ihre Eifersucht auf Kat hinter übertriebenen Komplimenten verbarg. Und für Amanda war all das völlig normal. Sie kam noch nicht einmal auf die Idee, Kat könnte ernsthaft wütend sein.

Kat drehte sich wortlos um und ging nach hinten.

ass Arsch
walrus Walross
crosseyed schielend
to go to the movies ins Kino gehen

"You don't really want to hang out with Jen for the rest of your life?", rief Amanda ihr höhnisch nach. "Haven't you ever seen her **ass**? She looks like a **walrus**!"

Kat drehte sich noch einmal um und sagte laut: "Whatever she looks like, Amanda, I bet she was even nice to a weird, **crosseyed** classmate in fifth grade. Remember Mandy?"

Amanda biss sich auf die Lippen und sah aus dem Fenster.

In der Schule stand Bernard vor Kats Spind und wartete auf sie.

"Hey Kat, great to meet you!" Bernards Unsicherheit passte irgendwie nicht zu seiner fröhlichen Begrüßung. "Listen, would you like to **go to the movies** tonight?"

Kat wusste nicht, wohin mit ihren Händen, und fummelte nervös an den Knöpfen ihrer Uniformjacke herum.
"Look, Bernard, maybe ... I think that ...", stammelte sie.
"Just in case you want to know", unterbrach er sie, "Amanda's busy tonight. She already told me she can't come."
Er hat sie zuerst gefragt, dachte Kat, und fühlte sich nicht mehr ganz so grässlich. Der Gedanke gab ihr Mut.
"It's not about Amanda at all. I guess it's more about you and me ..."
Bernard nickte. "I see."
Kat sah zu Boden. "I'm sorry."
"No, listen, it's alright." Bernard begann plötzlich zu lächeln, er sah fast erleichtert aus.
"It was mean", murmelte Kat. "I used you. I don't know what I thought I was doing." Sie brachte es nicht über sich, ihn anzusehen.
"It's alright, really. I think I understand."
"It was **inexcusable**", fuhr Kat störrisch fort.

inexcusable unverzeihlich

Bernard schüttelte den Kopf. "Kat. Look. It's okay. I really do understand. Maybe I used you too – and I guess I know why you did it."
"Thanks ..."
Kat stolperte einige Schritte rückwärts und drehte sich abrupt um.
"Hey, Kat?", rief Bernard hinter ihr her.
"Yes?"

"It was a great kiss, though." Er grinste. Kat sah ihn von der Seite her an, unsicher, wie sie reagieren sollte. "No, really. I'm serious. It *was* a great kiss. Just – **nice**."

"Thanks." Kat lächelte erleichtert.

nice schön
the damnedest thing unerklärlich

"Just wanted to tell you." Er starrte auf den Boden, plötzlich wieder unsicher geworden. "It's good to know that sometimes it works. With Amanda ... you know."

Ja, sie wusste, wovon Bernard sprach: *Can you do two-word-sentences, too?* Die Worte, die nicht kamen, wenn man sie brauchte, Bücher, die zu Boden fielen – all die idiotischen Sachen, die plötzlich passierten.

"We always bumped our teeth together. Or our noses were in the way ...", murmelte er.

Kat nickte. "And you drop things and talk nonsense and feel like an idiot."

Bernard lachte. "Exactly."

Es war so einfach. So völlig problemlos, hier zu stehen und mit Bernard zu lachen. Weil sie keinen Kloß im Hals hatte und ihr Bauch sich nicht mit seltsamen Flüssigkeiten füllte. Weil ihre Sätze vollständig und vernünftig aus dem Mund kamen und sie sich auf das Gespräch konzentrieren konnte und nicht auf den Schatten fixiert war, den Augenwimpern auf blaue Augen warfen. Weil Bernard Bernard war und nicht Josh.

"It was a great kiss", sagte sie. "But ..."

"Yeah. But it isn't love", sagte Bernard trocken. "It's **the damnedest thing**." Sein Lächeln rutschte zitternd von seinen Mundwinkeln. "Kat?" Bernard war ernst geworden. "It was that guy, wasn't it? The one with the skateboard? Eleventh grade?"

"Look, I really don't think ...", sagte Kat, "I don't want anybody to know – whatever. Forget it."
"Is that why Amanda is **freaking out** all the time?"
Kat nickte stumm.
"I hope he **breaks** his **neck**", sagte Bernard leidenschaftslos.

to freak out ausflippen
to break one's neck sich den Hals brechen

Kat warf die Sporttasche über die Schulter und hielt sich unauffällig am Geländer fest, als sie die Treppen vor der Sporthalle hinunterhinkte. Der Bus war längst weg. Sie hatte in der Dusche getrödelt, um die anderen vorzulassen. Nach zwei Stunden Training und einem weiteren Stellungsfehler von Amanda zog das dumpfe Pochen in ihrem linken Knie über den Oberschenkel hoch bis zur Hüfte. Nur noch eine Generalprobe ...
Auf dem Weg zur Bushaltestelle brannte jeder Schritt wie Feuer. Sie biss die Zähne zusammen. Ich bin ein Idiot, dachte sie. Trotzdem: Diesen Triumph gönne ich Amanda nicht. Dass sie mich mit einem mitleidigen Grinsen aus dem Team wirft. Niemals!
"Kat?"
Überrascht drehte sie sich um. Joshs Wagen hielt links neben ihr, er hatte sich über den Beifahrersitz gebeugt, um die Tür für sie zu öffnen, und blickte sie mit strahlenden Augen von schräg unten an. "I know it's Monday", sagte er, als wäre nichts geschehen. "But I was hoping you had time for a German lesson."
Genau genommen war ja auch nichts geschehen, dachte Kat. Bis auf die Tatsache, dass sie sich eingeredet hatte, verliebt zu sein. Aber was wusste Josh schon davon?

to hop in einsteigen
all in erschöpft
painkiller Schmerztablette

Sie brachte kein Wort hervor. Er sah sie an, lächelnd, wartend.
“**Hop in**”, forderte er sie schließlich auf. “I’ll drive you back home afterwards. You’ve missed your bus anyway. You won’t even be home much later ...”
Die offene Beifahrertür war verlockend. Kat schwieg.
“I have a test on Wednesday”, versuchte Josh es noch einmal. Er hatte den Türgriff losgelassen und sich aufrechter hingesetzt. Kat wusste, dass er nicht betteln würde.
Sie war so müde. In einer Minute würde sie weinen dürfen ... Ohne ihn anzusehen, schüttelte sie den Kopf. “Sorry. I’ve a headache.”
“Really?” Josh stieg aus und kam um den Wagen herum. Bevor sie reagieren konnte, nahm er ihr die Tasche aus der Hand. “Look, Kat, I’m sorry. I’ll just drive you back home, okay? You wouldn’t even have to talk. But you really do look **all in**.” Er warf die Tasche auf den Rücksitz und half ihr in den Wagen. Kat war zu müde, um sich zu wehren. “I might even have a **painkiller** for you”, fuhr Josh fort, während er den Wagen startete.
“Do you really have a test the day after tomorrow?”, fragte Kat müde. Trotz allem hatte sie ein mieses Gefühl dabei, ihn im Stich zu lassen. Schließlich konnte er ja nichts dafür, dass sie sich eingebildet hatte, dass ...
“Yeah, but forget it”, erwiderte er. “Never mind, if you don’t feel well.”
“Well, actually, it’s not a headache. I hurt my knee. And I guess I am just very, very tired.”

"Whatever you like, Kat." Er ließ die Kupplung zu schnell los und würgte den Wagen ab. Kat flog nach vorn und fing sich mit der Hand an der Scheibe ab.

"Wow, sorry", sagte Josh. "Maybe you'd better **fasten** your **seatbelt**."

"You do have a **driver's license**, don't you?", fragte Kat vorsichtig und sah Josh von der Seite an.

to fasten one's seatbelt sich anschnallen
driver's license Führerschein

"Don't worry", murmelte er, "I can drive well enough. Maybe I was … a bit nervous." Er wandte den Blick ab.

Vielleicht ist es besser, mich der Situation zu stellen, dachte Kat. Wir tun einfach so, als wäre nie etwas geschehen. Alles völlig normal. Wenn ich diesen Abend hinter mich bringe, bin ich drüber weg. Ich werde nicht jedes Mal das Gefühl haben, in der Mitte durchgeschnitten zu werden, wenn ich ihn treffe … außerdem ist es besser, wenn meine Mutter mich nicht sieht. Nicht, bis ich wieder laufen kann, ohne zu humpeln.

"Well, if you really have some painkillers, let's just do it", sagte sie kurz entschlossen.

Kat saß auf dem Wohnzimmerfußboden und sah den Staubkörnchen nach, die in den schräg einfallenden Sonnenstrahlen tanzten. In der Küche räumte Joshs Mutter die Spülmaschine aus, sie summte dabei leise vor sich hin.

Josh hatte seinen Kopf zurückgelegt, er dachte nach. Fast wie vor einer Woche, dachte Kat.

"Hätte gewonnen haben gekonnt." Josh hob den Kopf und blickte sie strahlend an.

honest ehrlich
construction Konstruktion
B Gut
scholarship Stipendium
college education Hochschulbildung
up to bis zu
depending on the course je nach Studiengang
to intrude stören
to take out a loan ein Darlehen aufnehmen

"Hätte gewonnen haben können. So sorry", erwiderte Kat. "But to be **honest**, nobody ever uses these **constructions**. I don't know why you have to learn that stuff. Besides, you are doing great. I really don't know why you need tutoring. You'll get a **B** at least in your next test, if you ask me."

"I want an A", sagte er. "Three more As, to be exact."

Kat starrte ihn ungläubig an. Er nahm Nachhilfe, um eine Eins zu bekommen? Sie hätte ihn nie für einen Streber gehalten.

"Three more As could be enough for a **scholarship** to Cornell University", erklärte er. "You see, a good **college education** in America costs **up to** 100,000 dollars, **depending on the course** and ...."

Er unterbrach sich, als die Tür aufgerissen wurde. Jen und Joshs Bruder Chris standen in der Tür, lachend und leicht verschwitzt.

"Hi everybody. Hi, Kat, nice to see you!", rief Jen.

Chris griff sich das Popcorn vom Tisch und ließ sich in einen Fernsehsessel fallen.

"Hope we**'re** not **intruding**", murmelte er.

Jen kicherte und beugte sich über den Videorekorder.

Josh runzelte irritiert die Stirn. "Dad says I'm clever enough to make it on my own", fuhr er fort, "so he's not willing to pay for university. It's either a scholarship, or I have to **take out a loan**. Anyway, let's go on. Hätte gewonnen haben können?"

"**Hibernation** of frogs and **toads** under the influence of **climate change** and **global warming**", kam Chris' Stimme aus dem Fernseher, ein wenig zu hoch und leicht verzerrt.
"Jesus, Chris!" Josh war aufgestanden. "Is this really **necessary**? We were here first. Can't you see we're working?"
Chris warf sich ein Popcorn in den Mund und sagte, ohne seinen Bruder anzusehen: "Sorry, but this can't wait. We have to hand in our video in less than two weeks, and we haven't even started **editing** yet."
"Maybe I could **turn the volume down** a bit", schlug Jen versöhnlich vor.
Josh verdrehte die Augen und lief zu seiner Mutter in die Küche.
"Mom? Mom, can't you tell Chris to leave us alone? Kat is here for our German lesson, and they want to work on the video. I can't concentrate in there!"
"Go into the garden!", rief Joshs Mutter über den Lärm der Spülmaschine hinweg.
Kat blickte zu Chris und Jen. Die beiden schienen sich köstlich zu amüsieren.
"No, Mom! The garden is full of **mosquitos**!", maulte Josh in der Küche.
"Well, they need to use the video equipment", verteidigte Joshs Mutter ihren jüngeren Sohn.
"Can't we go to my room?", fragte Josh genervt.

hibernation Überwinterung
toad Kröte
climate change Klimawandel
global warming Erderwärmung
necessary nötig
to edit *hier:* schneiden
to turn the volume down leiser drehen
mosquito Stechmücke

responsibility Verantwortung
to approve of sth etw billigen
to hide away verstecken
to feel responsible sich verantwortlich fühlen
reproduction cycle Fortpflanzungszyklus

Die Mutter schüttelte den Kopf. "No, Josh, you can't", sagte sie ernst. "No girls up there in your room. I have a **responsibility**. Besides, I'm sure Kat's mother **would** not **approve of** her **being hidden away** in a boy's room."
Josh brach in Gelächter aus. "Hidden away in a boy's room", spottete er. "She's my German tutor! We talk about the Plusquamperfekt Konjunktiv, how dangerous can that be? Besides, she's European. Her mother wouldn't mind, would she, Kat?"
Kat war sich nicht sicher, ob ihre Mutter wirklich nichts dagegen hätte, wenn sie den Nachmittag allein in Joshs Zimmer verbrachten. Aber sie wollte lieber nicht hören, was Josh noch alles sagen würde, um seine Mutter zu überzeugen, und schüttelte stumm den Kopf.
Joshs Mutter sah sie skeptisch an. "Still, Josh, I **feel responsible** ..."
"The **reproduction cycle** of rana temporaria, the Californian grass frog, starts in early spring ...", drang Chris' Stimme aus dem Wohnzimmer. Seine Mutter verdrehte die Augen.
"We'll leave the door open", versprach Josh.

"Ich hätte geliebt haben können", sagte Josh fünf Minuten später. Er suchte sich seine Übungsbeispiele selbst. "Correct?"
Kat nickte. Wenn sie gewusst hätte, was für Beispiele er wählen würde, hätte sie sich nie darauf eingelassen.

"Ich hätte gekusst haben können", fuhr Josh fort.
Kat sah aus dem Fenster. "Geküsst", korrigierte sie leise. "Geküsst haben können."
"Did you have a boyfriend in Germany?", fragte Josh scheinbar unbeteiligt. Als sei es nichts als ein freundliches Gespräch.
Kat dachte nach. "I don't need one", erwiderte sie schließlich trocken. "And I don't think you need any German tutoring, by the way", fuhr sie fort, um das Thema auf unverfängliche Dinge zu lenken. "You should start watching German movies. Read books, have some conversation – that's all you need."
Josh nickte schweigend und sah zur Decke. "Ich hätte Ball gespielt haben können ..."

So we continue with our German lessons. As if nothing at all had happened. Josh didn't even ask about Bernard. And I don't know ***whether*** *I should be glad about it, or not.*

whether ob

Breathing Space

Kat stand vor ihrem Spind, als Tori neben sie trat. Ohne Kat anzusehen, fragte sie nur: "Are you having lunch with us today? I missed you in the canteen."
Kat atmete scharf aus. "Did Amanda send you?"
Tori schüttelte den Kopf und sah unglücklich zu Boden. "It's not as if Amanda **was ordering** us **around**", murmelte sie schließlich leise. "It's just that ... you know."
"No, Tori", sagte Kat lauter als nötig. "No, actually I don't know."
"Amanda isn't always ... easy", brachte Tori schließlich hervor.
"Are you afraid you'll end up in the psychologist's office? Or that you**'ll be accused of** cheating in your history paper, is that it?", fragte Kat kalt.
Tori fuhr zurück. "No! It's just ... well, I know she can be a bit mean, but she always makes up for it, you'll see! Besides it's not **blackmail** or bullying or anything. It's more like ..." Tori schüttelte den Kopf. "Amanda makes you feel ... important", sagte sie vorsichtig. "If you're with Amanda and the football team and William and everybody ... you somehow feel you could be somebody."
Kat schüttelte den Kopf, fassungslos über die Erklärung, die sie gerade gehört hatte.

breathing space Atempause
to order sb around jdn herumkommandieren
to be accused of sth einer Sache beschuldigt werden
blackmail Erpressung

Doch bevor sie etwas erwidern konnte, wurde sie unterbrochen. Josh kam den Gang herunter, ein fröhliches Lachen im Gesicht, den Arm um die Schultern eines rothaarigen Mädchens. Schlagartig wurde Kat bewusst, dass ihr Plan von gestern nicht aufgegangen war. Nichts war normal.

"Hi, Kat, good to see you. Can I talk to you for a moment?", rief er ihr aus einiger Entfernung zu.

"Excuse me, Tori." Kat versuchte, ihre Stimme ruhig und unbeteiligt klingen zu lassen. "I'll be back in a moment."

Dann stand sie vor Josh und sah ihn an. Er blickte ernst zurück. Es tat weh.

"Sorry to interrupt you, but this will only take a minute. Do you remember you told me I should practice my German more? Well, yesterday evening I had this great idea. I've got a penpal. I found her on the Internet. I'm writing in German, she's writing in English. Here."

Er drückte ihr einen Zettel in die Hand, winkte ihr zu und verschwand um die Ecke. Kat starrte ihm nach. Erst als er verschwunden war, faltete sie das Blatt auseinander.

Es war der Computerausdruck einer E-Mail.

Dear Josh,

Thank you so much for your e-mail! This is really funny. As soon as I saw your picture on 'Penpal International', I hoped you'd write to me.

On the Internet, I think you can make really good friends, even in another country.

director
Regisseur(in)

My name is Bettina, I'm seventeen years old. My hobbies are skateboarding, snowboarding, going to the cinema (although I don't like Hollywood movies, I prefer **directors** like Jarmush and Fassbinder). I read a lot (do you know Philip Roth and Jonathan Franzen? They are American writers) and I like to travel. I spent last summer in Paris ...

Kat warf einen Blick auf das Foto und ließ den Ausdruck sinken. Die Filme, die Autoren, die Hobbies – natürlich musste er darauf abfahren. Dabei sah sie noch nicht einmal gut aus. Kat betrachtete das Bild genauer. Ihr Gesicht war etwas zu breit und der Hals deutlich zu kurz. Wenn die blonden Haare echt waren, hatte sie ohne Mascara wahrscheinlich so gut wie keine Augenwimpern. Ihre Augen sahen klein aus, auch wenn man bedachte, dass sie in die Sonne schaute.

"Are you still hanging around with Josh?" Tori hatte sich so leise neben sie gestellt, dass Kat sie nicht kommen gehört hatte. Sie sah besorgt und verunsichert aus.

"I'm not hanging around with him. We never had a date and probably never will have one", sagte Kat erschöpft. "This was about our German lessons. Here."

Sie reichte Tori den Ausdruck.

Tori starrte auf Josh's E-Mail und lächelte. "His penpal looks great", murmelte sie erleichtert. "A really nice face, beautiful figure. And a nice smile. She reminds me of somebody ..."

Kat nahm ihr das Papier aus der Hand, knüllte es zusammen und steckte es achtlos in ihre Jackentasche.
"If you really want to know the whole truth about Josh's and my secret and **intimate relationship**", sagte sie bitter, "yesterday we talked about the Plusquamperfekt. That was it."
"Honest truth?"
"Honest truth", sagte Kat müde.
"Well, are you joining us for lunch?", fragte Tori fröhlich.

intimate intim
relationship Beziehung
to add sth etw hinzufügen
secretary Sekretär(in)
to type sth etw abtippen

William begrüßte sie mit einem warmen Lächeln, Bernard zwinkerte ihr zu und eines der Mädchen stand sofort auf, um einen Stuhl vom Nebentisch für sie zu holen. Mel und Doreen winkten ihr zu, nur Amanda hielt freundlich Abstand.
Kat stellte ihr Tablett auf den Tisch, setzte sich neben Tori und begann schweigend zu essen. Als wären die letzten Tage ausgelöscht. Sie riss sich zusammen und versuchte, dem Gespräch neben ihr zu folgen.
"Kat?" Amandas Stimme klang vorsichtig. Die anderen Mitschüler am Tisch wurden leise und sahen die beiden Mädchen an.
"Look, about Mrs. Hendersson. I told you I'd make it up." Amanda lächelte, als sie Kat einen Hefter über den Tisch reichte. "I took your paper and corrected some things. In the second paragraph I **added** something that you missed. Here. And, oh, I asked my father's **secretary** to **type** it. The spelling will be perfect. She always does my papers", erklärte sie. "All you have to

do is walk up to Mrs. Hendersson, tell her a story about writing papers in Germany. Then you excuse yourself and promise it will never ever happen again. It will give Mrs. Hendersson the impression you really 'learned something more important than history'." Mel fing an zu lachen. "She loves that. Here. Take it. You'll get an A, I promise."

"Well, I can understand you don't trust me", fuhr Amanda fort, als Kat schwieg. "Ask your friend Jen to check it, if you don't believe Tori or me."

Sie klang traurig und ein wenig hoffnungslos; sie hatte sich solche Mühe gegeben. Kat konnte die erwartungsvollen Blicke spüren. Wer könnte Amanda widerstehen, die ihren Fehler so offensichtlich nicht nur eingestand, sondern sogar wieder gutmachen wollte? Wenn sie jetzt ablehnte, stand sie da wie eine nachtragende Idiotin.

Um nichts sagen zu müssen, nahm Kat den Ordner entgegen. "Thanks", murmelte sie. Als sie den Blick hob, sah sie Jen, die zu ihr herüberschaute, und plötzlich wurde ihr klar, dass sie am falschen Tisch saß: Diese Freundlichkeit, die sich an- und abschalten ließ wie eine Espressomaschine, war nicht echt. Und sie war nicht bereit, alles zu tun, nur um an diesem Tisch zu sitzen. Alles für die Chance, wieder zu tanzen. Was hinderte sie denn daran, sich eine richtige Tanzschule zu suchen?

Sie würden sie eben ersetzen müssen. Sie würden schon jemanden finden.

Kat packte ihre Sachen aufs Tablett und war dabei aufzustehen.

In diesem Augenblick erhob sich der Kapitän der Fußballmannschaft. "Well, I just wanted you to know I talked to the coach this morning."

Mel, Bernard und Amanda begannen zu klatschen. "We're going to play?"

"Oktober fourth, we're going to *win*!", schrie der Kapitän.

"**Hooray** for the Lions! Hooray, hooray ...", brachen sie in laute Schlachtgesänge aus.

"I'm so glad you could make it", flüsterte Tori ihr zu und Kat brachte es nicht über sich, darauf etwas anderes zu erwidern als ein abwesendes Lächeln.

hooray hurra

Love Letters

It's alright now, Janet. You don't have to worry.
I've been living here for three weeks now. I'm ***getting along*** *fine. I know how to* ***find*** *my* ***way*** *in school. I don't get lost during breaks anymore. I know which teacher has a* ***sense of humor****, and in which classes you must not forget your homework. I get along with everybody, no more rows, no more parties. It sounds boring, but it's much better than in the first weeks.*

PS: My knee is okay.

PPS: I am seeing Josh tonight for another lesson. I guess I can finally accept it's over.

to get along
klarkommen
to find one's way
sich zurechtfinden
sense of humor
Sinn für Humor

Josh saß in seinem Zimmer und surfte im Internet, als seine Mutter Kat nach oben brachte. "Josh? Kat is here."

"Thanks, Mom", murmelte Josh, ohne aufzustehen. "Hi, Kat. Just a moment ..." Er wandte sich seinem Computer zu, die Mail, die er las, schien seine Aufmerksamkeit in weit stärkerem Maß zu fesseln als seine Nachhilfelehrerin.

Kat zog die Tür hinter sich zu, ohne darüber nachzudenken, und warf ihre Jacke auf sein Bett. Dann starrte sie mit trotzig verschränkten Armen auf die Filmplakate, die in seinem Zimmer hingen und wartete, bis er fertig war. Prickelnd, dachte sie. Er hat es nicht einmal mehr nötig, mich zu beachten.

"I need your help, Kat", sagte Josh da zu ihrer Überraschung.

"Sure", antwortete sie so unbeteiligt wie möglich. "**Any time**."

any time jederzeit

Josh starrte auf seine Hände, aus unerklärlichen Gründen schien er plötzlich unsicher geworden zu sein. "You remember Bettina?"

"Excuse me?"

"Bettina! My penpal from Germany." Josh war aufgestanden.

"Sure. You wanted to practise conversation", sagte Kat zynisch. *As soon as I saw your picture, I hoped you'd write to me. ...* Kats Atem war ein wenig flacher geworden.

"Conversation!" Josh strich sich die Haare aus der Stirn, er sah jung und verletzlich aus dabei. "Oh my God, Kat. I wish it were just that."

Kat nahm ihre ganze Selbstachtung zusammen und brachte ein Lächeln zustande.

"What happened?" Ihre Stimme klang leicht amüsiert.

"This is so stupid. I don't even know the girl ... but then again, in a way of course I do know her better than some of my classmates", versuchte Josh zu erklären. "In a way it's like a diary. You get to know the most intimate, most serious things about a person. I don't know ..." Er wandte sich ab. Kat schwieg. "I wrote her. We e-mailed for hours every night. But I never believed ..."

Kat schloss die Augen. Sie wollte nicht hören, was jetzt kam.

"Kat, I'm in love."

Kat, I'm in love. I'm in love. Kat, I'm in love. Love. Love ... Das Rauschen in ihren Ohren war so stark, dass sie Schwierigkeiten hatte, sich zu konzentrieren, und mit ihren Augen stimmte etwas nicht.

"Congratulations", brachte sie endlich hervor. Sie lachte unsicher. "Do you say that? Congratulations for being in love?"

"I need your help", wiederholte er.

Josh, dachte Kat, ich muss hier raus ...

"Please." Josh wandte sich ab und starrte aus dem Fenster.

"What do you want me to do?"

Josh stand schweigend auf und machte ihr Platz am Computer.

"At the very least you should type it yourself", murmelte Kat kurze Zeit später, während sie *Meine liebe Bet* tippte. "This is kind of cheating. What if she finds out?"

"No!" Josh sprang auf und fing wieder an, unruhig im Zimmer auf und ab zu laufen. "You're so much better than me. And all those ö and ü and ß ... it will be much faster that way." Er trat von hinten an den Stuhl und hielt sie leicht an beiden Schultern fest.

Ihre Finger zitterten, sie ballte die Hände zusammen.

"You're making me nervous", murmelte sie. "I can't type when somebody's watching me."

"Sorry. Sorry!" Er ließ sie los.

Josh schwieg so lange, dass sie das Gefühl hatte, er habe den Raum verlassen.

"Sorry. Something like – I have been dreaming – no, thinking – like, for the last two weeks since we met ... this sounds like **bullshit.**" Frustriert ließ Josh sich auf sein Bett fallen und starrte an die Decke.

bullshit Blödsinn
Baywatch Baywatch - Die Rettungsschwimmer von Malibu
genius Genie

"It does not", sagte Kat müde.
"Be honest."
"She'll be thrilled."
"Well, if you ask me, it sounds like a dialogue from ***Baywatch***", murmelte Josh unzufrieden. "Would you like to get a letter like that?"
Ja, dachte Kat, hundertmal. Immer und immer wieder. Sie sagte nichts.
"What would you like me to say?", fragte er. "Imagine you were Bettina. If you got this letter, what would you like to read?"
Kat vergrub das Gesicht zwischen den Händen. "Josh, really. I'm only your German tutor. I can't do this", brachte sie hervor.
Schweigend blickten sie auf den blinkenden Cursor. Im Wohnzimmer sahen Jen und Chris ein Video und vom Garten drang das gleichmäßige Zischen eines Rasensprengers herauf. Keiner sagte ein Wort. Unten in der Küche hatte Joshs Mutter damit begonnen, das Abendessen vorzubereiten, das Klappern der Teller war deutlich zu hören. Es dauert nicht mehr lange, dachte Kat.
"You are no more beautiful than the other girls. No more intelligent. No **genius**", sagte Josh leise und trat wieder hinter sie. "But you're in my mind and I can't get you out anymore. Whether I like it or not, you're there. Sitting at

the breakfast table. Laughing along in the car. I can feel you all the time. An invisible friend ..."

Kat schluckte schwer. Sie starrte auf den Monitor und versuchte verzweifelt, sich zu konzentrieren.

Es ist ein Diktat, dachte sie. Nichts als eine Übersetzungsübung.

"Not so fast. Please. What did you say? You are no genius?"

Ihre Hände zitterten so stark, dass sie nicht schreiben konnte. Josh schien es nicht zu bemerken. "Would you rather be kissed on the **inside of the elbow**, or on the **palm of your hand**?", murmelte er leise.

inside of the elbow
Armbeuge
palm (of the hand)
Handfläche

Kat antwortete nicht.

Er beugte sich tiefer und küsste ihren Nacken. Seine Lippen waren trocken, so sanft, dass sie die Berührung mehr ahnen als fühlen konnte. War das sein Atem, der über ihren Hals strich, oder sein Mund?

"How would you translate that?"

Kat sprang abrupt auf und rannte aus dem Haus. Sie schaffte es bis auf die Straße, ohne in Tränen auszubrechen, an der Auffahrt entlang, über die Ampel, vorbei am Lebensmittelladen und in den Park. Ihr Atem kam in kurzen, heftigen Schluchzern, die sie von sich noch nie gehört hatte. Sie rannte den Hügel hinauf, überquerte eine weitere Straße, ohne auf die quietschenden Bremsen zu achten, missachtete die wütenden Rufe, steckte fast blind den Schlüssel in die Haustür. Rannte die Treppe zu ihrem Zimmer hoch und schloss die Tür hinter sich.

Sie ließ sich aufs Bett fallen, steckte sich die Kopfhörer in die Ohren und drehte die Musik so laut, wie sie es gerade noch aushalten konnte. Aimee Mann sang:

Now that I've met you would you ***object to*** *never seeing each other again…*

to object to etwas dagegen haben

Und lauter noch als die Musik hörte sie Josh sagen, immer und immer wieder:
Kat, I'm in love ...

Touchdown

Touchdown
Aufsetzer

Im Licht der Scheinwerfer waren die Farben so strahlend, dass sie Kat fast in den Augen schmerzten: das leuchtende Grün des Rasens, das raschelnde, aggressive Gelb der Bommel in ihrer Hand, die Dämmerung eines makellos blauen Spätsommerhimmels. Zwischen den Reihen der bunt gekleideten Zuschauer schwebte Zuckerwatte in grell pinkfarbenen Bäuschen.

Ein Warten lag in der noch warmen Abendluft.

“... and ... let’s go!”, murmelte Peter.

Zusammen mit der ganzen Gruppe stürmte Kat nach vorn und brüllte aus vollem Hals: “Hooray, hooray for the Lions! Bos-wood High!”

Die ganze Schule fiel mit brausendem Applaus ein, Kat warf die Arme dreimal in die Luft und fragte sich: Was zum Teufel mache ich hier?

Die Musik dröhnte über das Spielfeld. Eröffnung mit der ersten Pyramide.

Mel und Tori lösten sich aus der Gruppe. Ihre Hände und Füße schienen über das Gras zu fliegen, ihre gelben Trikots hoben sich gegen den Rasen ab wie fließende Bögen. Amanda wippte auf ihren Fußspitzen, nichts als Konzentration. Peters Hände umfassten von hinten Kats Taille. Alles lief perfekt. Sie hielt ihren Fuß in müheloser Balance bis zu der kurzen Pause des Schlagzeugs, holte in völliger Übereinstimmung mit

Peter Schwung, sprang beim Einsatz der Gitarre. Sie zog die Beine an den Bauch, spürte helfende Hände von hinten, landete auf dem gesunden rechten Bein und hatte genug Platz für einen Schritt vorwärts. Amanda stand einen halben Meter weiter vorn, die Arme triumphierend in die Luft gereckt, schwer atmend in perfekter Haltung. Das Publikum raste und Kats Knie tat noch nicht einmal weh. Strahlend drehten sie sich um und liefen in Formation zurück zur Seitenlinie.

Der Kick-off wurde mit begeistertem Geschrei begrüßt, erst danach legte sich erwartungsvolle Stille über das Gelände. Kat hatte noch nie so dicht an einem Spielfeld gestanden, sie hatte jeglichen Überblick verloren. Stattdessen spürte sie Emotionen auf sich einprasseln, die wogende Anspannung des Spiels, dessen Regeln Kat kaum verstand und dem sie nicht folgen konnte. Die Anfeuerungsrufe des Coachs gellten über den Platz.

"Let's go!" Mels Ellbogen hatte sie in die Seite getroffen.

"Bos-wood High! We are the champions, we are the champions ..."

Nach dem vierten Down hatte Kat sich heiser geschrien und war außer Atem. Noch immer hörte sie nichts als das Klatschen von Plastik auf Metall und Fleisch, Luft, die aus den Lungen der Spieler entwich, wenn ihre Körper zusammenstießen. Zentimeter um Zentimeter kämpfte die Mannschaft von Boswood High sich voran. Ein gellender Pfiff ... Noch drei Minuten im ersten Viertel.

Dann war es vorbei. Die Spieler zogen sich die Helme vom Kopf, schlugen sich gegenseitig auf die verdreck-

to switch sth to etw umschalten auf
to vibrate vibrieren
That's none of your business! Das geht dich nichts an!
text message SMS

ten Schultern und joggten schwitzend unter dem Applaus ihrer Mitschüler vom Feld. Die Cheerleader empfingen sie jubelnd an der Seitenlinie.
Bos-wood, Bos-wood High ...
Erleichtert warfen die Cheerleader ihre Stäbe und Bommel auf die offenen Sporttaschen und ließen sich auf die Bänke fallen. Flaschendeckel zischten.
Kats Handy klingelte.
"You should **switch** it to **vibrate**", sagte Amanda gleichgültig. Sie setzte eine Cola an ihre Lippen und trank die halbe Flasche in einem Satz.
"Yeah, I did, but sometimes it switches itself back", entschuldigte Kat sich müde. "I'll turn it off in a minute." Ihre Hände waren nass von Schweiß. Sie warf das Handy auf die Bank, um sich die Hände abzuwischen.
Amanda nahm es ungefragt. "You don't have to switch it off", murmelte sie freundlich. "All you have to do is ..." Sie unterbrach sich und starrte auf das kleine Display.
Kat streckte die Hand aus. "I'd like my cell phone back, Amanda. Please."
Amanda wandte sich ab, als wolle sie das Telefon mit ihrem Körper schützen. "I heard you're meeting Bernard", sagte sie leise.
"**That's none of your business!**" Kats Stimme war kalt.
"Tori told me the thing with Josh was over."
Kat machte einen Schritt nach vorn. "Amanda, you are not reading my **text message**?"

"Clever, clever, Kat." Amandas Gesicht war verzerrt. "So the kiss with Bernard was nothing but a bluff? You **deceived** us all?"

"I don't know what you're talking about", sagte Kat scharf.

to deceive sb
jdn hintergehen
Tough luck!
Pech gehabt!
lying slut
verlogene Schlampe

"You still don't understand, Catherine, do you? If you want to be part of this team, you should play by the rules."

"I don't want to. I don't want to be part of your team, Amanda."

Jetzt war es heraus. Die anderen Mädchen verstummten. Sie hatten einen engen Kreis um Kat und Amanda gebildet. Nur Tori versuchte noch einmal zu vermitteln. "Kat!", sagte sie flehend.

Kat beachtete sie nicht. "I said I would fill in for Maryanne. I am doing that now, and that's it. Being in your team is more trouble than it's worth, Amanda. Do you really think I want to end up like Maryanne?"

"After you promised ..." Amandas Stimme hatte wieder diesen verletzten Kleinmädchenton angenommen, mit dem sie so oft durchkam. Kat unterbrach sie rücksichtlos. "You can stop that act, Amanda." Sie war wütend. "I never promised you a damn thing in the world. My cell phone, please!"

"But what about the championships?" Amandas Stimme war schrill geworden.

"**Tough luck**, Mandy." Kat streckte die Hand aus.

"Here. Take it. You **lying slut**."

Amanda stand auf und warf das Telefon auf die Bank. Ihr Gesicht war verzerrt. An ihrer Schläfe pochte eine

kleine Ader, sie sah aus, als wollte sie im nächsten Augenblick auf Kat losgehen.
Die Zuschauer, das Gelächter der Spieler und die Rufe nach Hotdogs und Zuckerwatte vermengten sich zu einem dumpfen Dröhnen.

bitch Miststück
opening Anfang

"You **bitch**!", zischte Amanda.
Peter drängte sich zwischen die beiden Mädchen, packte Amanda bei den Schultern und drückte sie zurück auf die Bank. Kat hob das Telefon auf, noch immer um Fassung bemüht. Auf dem Display standen die Buchstaben einer kurzen SMS:

Kat, it's important. Must talk. Josh

Die Pause ging ihrem Ende zu. Die Spieler hatten bereits die Seiten gewechselt und bereiteten sich auf den Kick-off zum Beginn des zweiten Viertels vor. Sie standen in Gruppen zusammen und besprachen ihre Strategie, bevor sie sich an der Mittellinie aufstellten. Die Schiedsrichter beugten sich tief herunter. Ein Plakat hatte sich von der Wand gelöst und flatterte im Wind.
"If they get a touchdown, I want to repeat the **opening**. The first pyramid", verkündete Amanda plötzlich laut. Sie hatte ihr Make-up erneuert, ein frisches T-Shirt angezogen und sah so kühl und unangreifbar aus wie immer. Die anderen schwiegen.
"Well ..." Peter war verwirrt. "We've planned your solo, and then there's Kat's dance."
"The first pyramid", beharrte Amanda. "I can't do my solo today. Kat" – sie warf Kat einen höhnischen Blick

zu – "can have her **go** in the third **quarter**. **For all I care**, she can do the opening."
"Wow. Sure", sagte Peter verblüfft. "That's **generous**. If you're sure ..."
"The first pyramid on the next touch down. Just make sure they get the music right", ordnete Amanda an und wandte ihm den Rücken zu. Um ihren Mund spielte ein zufriedenes Lächeln.

go *hier:* Auftritt
quarter Viertel
for all I care meinetwegen
generous großzügig

Die erste Pyramide, dachte Kat. Die einzige Figur, bei der Amanda in ihre Nähe kam. Zu nah. Es war kein Problem für sie, Kat die Eröffnung für die zweite Halbzeit anzubieten, nicht, wenn sie sicher war, dass Kat bis dahin nicht mehr tanzen konnte. Ein Schritt von Amanda zu viel und Kat würde auf ihrem linken Bein landen ...
Eine Hand schob sie nach vorn aufs Spielfeld. "Hooray for the Lions!"
Aber wir werden sehen, wer diesmal die blauen Flecken davonträgt, dachte Kat grimmig.

Es stand 9:6 für Boswood High. In der achten Minute endete der vierte Down der gegnerischen Mannschaft mit einem Fehlpass im Aus. Tori und Mel schlugen ihre Flickflacks entlang der Seitenlinie, die Schüler der Boswood High übernahmen den Chor im Publikum. Kat war übel, sie wäre am liebsten gegangen. Aber vorher würde sie Amanda noch ihren Triumph vermasseln.
Die Spieler versammelten sich an der Vierzig-Yard-Linie, Helm an Helm. Mit kleinen Handbewegungen korrigierte der Quarterback die Stellung seiner Mannschaft.

to go for sth
etw machen

"Yes!" Peter, der neben Kat stand, hatte seine Hand zu Fäusten geballt. "It's one of Bernard's old tricks. They**'re going for** a touchdown. Just wait and see ...", erklärte er flüsternd.

Der Quarterback warf den Ball zwischen seinen Knien nach hinten durch. Einer der Runningbacks löste sich vom Feld, rannte einige Yards geradeaus, dann in einem Winkel von 60 Grad nach innen. Das Publikum tobte auf den Rängen, Peter schrie sich die Seele aus dem Leib. Amanda schaute Kat lächelnd in die Augen, bevor sie ihren Blick auf Kats Knie senkte ...

Und dann ertönte die Eröffnungsmusik. Touchdown. Die erste Pyramide.

Mit triumphierenden Schreien rannten die Cheerleader aufs Feld, Amanda vorneweg. Überschlag. Überschlag. Rad ... in der Mitte des Spielfelds stellten sie sich zur Pyramide auf. Kat spürte Peters Atem an ihrem Hinterkopf.

"Ready?" Kat nickte. "One, two, and ..."

Und Kat sprang. Ein wenig, ein klein wenig nur zu weit nach vorn – und Peter ging mit, einen halben Schritt, hielt sie mit zitternden Armen. Kat hob ihr Bein über ihren Kopf und zählte den Takt. Zwei noch bis zur Pause. Und eins. Und ...

Kat ließ ihr Bein los und stand hoch aufgerichtet auf Peters ausgestreckten Händen. Die Gitarre begann mit einem Riff und gab den Einsatz zu Kats Sprung. Peter ging in die Knie, aber Kat rührte sich nicht. Peter hatte spürbar Mühe, die Balance zu halten. Er schien verwirrt.

Sorry, Peter, dachte Kat. Nur noch ein paar Sekunden. Ich springe, sobald Amanda steht. Ich gebe ihr keine Chance. Und eins ... Sie ging in die Knie, wurde hochgeworfen und zog die Beine an den Bauch ...
Sie hatten sich beide verrechnet. Amanda war zu weit nach hinten gesprungen, um sicher zu gehen, dass Kat sich bei der Landung verletzen würde. Doch sie hatte nicht damit gerechnet, dass Peter nach vorn ausweichen könnte. Jetzt stand sie direkt unter Kat. Und Kat sprang.
Sie hörte Peter rufen, riss die Beine weg, versuchte sich zur Seite zu werfen, noch irgendetwas zu tun, ihre Hände griffen in die Luft und im nächsten Moment traf ihr Fuß auf Amandas Schlüsselbein. Es knackte wie ein trockener Ast. Mit einem gellenden Schrei ging Amanda zu Boden.

Kats Schluchzen war zu einem wirren Schluckauf geworden, der Boden des Umkleideraums war mit zerknüllten Papiertaschentüchern übersät. Kat hockte mit angezogenen Knien in der Ecke, und obwohl sie ihre Lederjacke fest um sich gezogen hatte, spürte sie, wie die Kälte der Kacheln langsam durch ihren Körper kroch. Sie weigerte sich, sich zu bewegen. Wenn sie Glück hatte, würde sie an einer Lungenentzündung sterben.
"Kat?" Jen stand in der Tür.
"Idontwannaseeanybody." Kat wischte sich mit dem Handrücken den Rotz von der Nase.
Jen warf ihr ein neues Paket Taschentücher zu.
"Thanks."

"Tori just called from the hospital. Amanda's collarbone is broken, but that's pretty much it. They**'ve bandaged** her **up**, but she doesn't even need a **cast**. She'll be back in training in about six weeks, if she's lucky", sagte Jen ruhig.

to bandage sb up jdn bandagieren
cast Gipsverband
to step back zurücktreten

Kat war ihr dankbar für ihre Sachlichkeit, aber sie antwortete nicht. Nichts davon änderte etwas an ihrer Schuld.
"Mrs. Lippet says that things like that just happen ... and Peter told us that Amanda **had stepped** too far **back** before. It wasn't your fault." Jen setzte sich auf eine der Bänke und zog ihre Tasche auf ihren Schoß, als hätte sie vor, länger zu bleiben. Wenn ich sie nicht beachte, geht sie vielleicht, dachte Kat. Sie wollte allein sein. "It was an accident, Kat. Nobody blames you. In fact, everybody saw that you tried to get away."
Es war kein Unfall, dachte Kat. Wenn sie nur gewartet hätte, bis Amanda gelandet und sie in Sicherheit war. Wenn sie Pete nicht gezwungen hätte, einen Schritt nach vorne zu gehen. Sie wusste, was es bedeutete, wegen einer Verletzung aufzuhören, besser als jeder andere. Was sie getan hatte, war unverzeihlich.
Jens Stimme riss sie aus ihren Gedanken. "The row with Amanda, and your history paper, and all the trouble you got in – it was about Josh, wasn't it?"
Kat lachte bitter.
"I was afraid she'd get jealous, the moment I saw her watching the two of you in the canteen", murmelte Jen, mehr zu sich selbst als zu Kat.
"I didn't know. I never knew they were together", brachte Kat wütend hervor.

"Well, they weren't", erklärte Jen ruhig. "Amanda had this crush on him, in fifth grade already. And then, after her operation, everybody realized how beautiful she was. She joined the cheerleading team and at once she became a star. Everybody wanted to be around her. Everybody wanted to be her boyfriend. Quarterbacks, boys that were four years older and had their own cars, the best basketball players. She thought she could have them all."

Kat nickte. "But Josh wasn't really interested", fuhr Jen fort. "For him, she was still the little girl in his younger brother's class. Besides, he was going steady with a girl from the **neighborhood**. You know Amanda."

Kat nickte wieder. Jen hatte jetzt ihre ganze Aufmerksamkeit.

"She didn't understand why she couldn't **have** her **way**. She started telling stories. Called Josh's girlfriend and lied to her. She **made up** things – just like she did it with you. Josh's girlfriend **broke up with** him. And then Amanda came along, all **helpful** and **understanding** – but he knew what she had done. He knew it was her fault."

Kat starrte Jen mit weit aufgerissenen Augen an. "And what happened?"

Jen zuckte die Schultern. "I don't know. Nobody knows. He never talked about it, not even to Chris. And she told everybody she was never in love with him anyway. They haven't talked to each other in the last two years. I guess Amanda could have every boy she

neighborhood Nachbarschaft
to have one's way den eigenen Kopf durchsetzen
to make up sth etw erfinden
to break up with sb mit jdm Schluss machen
helpful hilfsbereit
understanding verständnisvoll

wanted. But the only one she ever loved didn't want anything to do with her. And then you came along and he fell in love the first evening you met ..."

"That's not true." Vor Kats Augen verschwamm der Umkleideraum in Tränen. "**He doesn't give a damn about me**. Everything's so **bloody** stupid!", schluchzte sie.

Jen starrte sie verwundert an. "What are you talking about?"

"Josh and I are not together!" Alles brach aus Kat heraus, ihre ganze Wut, ihre ganze Enttäuschung, in einer einzigen großen Welle. "I'm just his German tutor, nothing more! He doesn't even care enough about me to say hello when I **enter** his room! All he needs me for is to translate his stupid love letters!"

"Nonsense!"

"It's true! He's in love with this stupid Internet penpal of his!", schleuderte Kat verzweifelt in Jens lächelndes Gesicht.

Jen versuchte, sich zusammenzunehmen. "Really?", fragte sie. "If it's just about German lessons, why does he pay Chris and me to keep the living room **occupied**, so the two of you can be alone in his room?"

"What?"

"Hibernation of frogs and toads under the influence of global warming ...", zitierte Jen grinsend.

"You must **be mistaken**." Kat riss ein weiteres Taschentuch aus der Packung.

"I'm not", sagte Jen ruhig. Sie setzte sich neben Kat auf den Boden. "He **treated**

He doesn't give a damn about me. Ich bin ihm völlig egal.
bloody verdammt
to enter sth etw betreten
occupied besetzt
to be mistaken sich irren
to treat sb to dinner jdn zum Essen einladen

us **to dinner** after your last meeting. He looked happy." Kat schneuzte und trocknete sich das Gesicht ab. "You see, in America parents don't allow boys and girls to be in their rooms together. So you have to find excuses – or pick a really, really boring topic for your school projects." Jen grinste peinlich berührt, sie wurde ein wenig rot.

Kat starrte sie fassungslos an. "You mean ... you? And Chris?"

Jen nickte mit einem breiten Grinsen. "Well, you know, we aren't cool or sexy or anything. So we can pretty much do whatever we want to. Believe me, it's great. Nobody cares. But you and Josh – his mother saw you together and got suspicious. He had to ask for help."

Kat wusste nicht, was sie sagen sollte. "Of course he never told us why he wanted us to make a lot of noise in the living room", erklärte sie, "but the two of you ended up in his room every time."

"Yeah", sagte Kat trocken. "I translated his e-mails. Of course he didn't want anybody to know. Here, if you don't believe me." Zwischen alten Kaugummipapierchen, Taschentüchern, einem abgebrochenen Bleistift und allerlei anderen Utensilien fand Kat in ihrer Tasche den alten Computerausdruck. "See!" Sie reichte ihn Jen und zog die Nase hoch.

Zu Kats großer Überraschung fing Jen an zu lachen. "My name is Bettina, I am seventeen years old", las sie laut mit einer komischen Mickymaus-Stimme vor.

Kat sprang auf und riss ihr den Ausdruck aus der Hand. "What's so funny about that?", fragte sie aufgebracht.

"It's only Brittany", sagte Jen ruhig. "Brittany Harwich. Josh has known her since kindergarten." Kat ließ sich blinzelnd auf eine Bank fallen. Das alles ergab überhaupt keinen Sinn. Wer war Brittany? "She used to live in the neighbourhood", fuhr Jen fort. "Her brother was Josh's best friend. The family moved to Atlanta last October."

Kat schüttelte den Kopf. "It's true. You can look it up in any yearbook", sagte Jen sanft.

"So for him it was nothing but a **practical joke**?" Großartiger Witz, dachte Kat. Ich hoffe, du hast dich amüsiert, Josh.

Jen legte ihre Stirn in Falten. "No. Josh wouldn't hurt anybody just for fun."

"It's not just that. There also was that red-haired girl in the **leather jacket**", murmelte Kat müde. "Last week I went to meet him, and he put his arm around her shoulder and they turned around ..."

"**Shoulder length** curly red hair and a leather jacket?", fragte Jen. "You must be talking about Diana!" Jen war aufgestanden, ihre Stimme klang seltsam aufgeregt. "And that's why you started dating Bernard? Kat, you're an idiot. She is ..."

Sie wurden von einem lauten Klopfen unterbrochen und Chris steckte seinen Kopf durch die Tür. "If you want to get out before everybody else comes in, you'd better hurry now. The game is over. Twenty-one to seventeen, in case anybody's interested." Kat fuhr auf. "They're doing their last round on the field", erklärte Chris grinsend. "They should be here any minute now."

practical joke
dummer Streich
leather jacket
Lederjacke
shoulder length
schulterlang

"But I can't ...", stammelte Kat. "I don't want to meet them!" Ihre Stimme klang fast hysterisch.

"That's what we thought", sagte Chris, noch immer nervtötend fröhlich. "Josh is waiting in the car, right at the **back door**."

back door
Hintertür

Wish Me Luck

Jen und Kat schlichen zum Hintereingang hinaus, während Chris ihnen den Rücken frei hielt. Draußen war es schon dunkel. Jen riss die hintere Wagentür auf, warf Kats Sachen auf den Boden und sie schoben sich auf den Rücksitz. Josh fuhr mit einem Ruck los, noch bevor sie die Tür geschlossen hatten. In letzter Sekunde rannte Chris um die Ecke und schwang sich auf den Beifahrersitz.

getaway car
Fluchtwagen

"Let's go!" Er schien sich wundervoll zu amüsieren. "This is fun! I'm sitting in a **getaway car**! Can't you go any faster?"
Josh bremste scharf. Niemand achtete auf sie, doch sie waren noch nicht aus der Gefahrenzone. Die ersten Zuschauer hatten das Gelände verlassen und strömten nun über den Parkplatz, Josh rollte nur langsam zwischen ihnen voran. Im Rückspiegel betrachtete er Kats grellgelbes Cheerleader-T-Shirt, das hell leuchtend hervorstach, und runzelte die Stirn. "Maybe you should take your T-shirt off, Kat", schlug er vor.
"You're incredible, Josh, did I ever tell you that?" Chris schüttelte voller Bewunderung den Kopf. "The way you get straight to the point ... take off your T-shirt, Jen ..."
Jen gab ihm einen leichten Schlag auf den Hinterkopf und reichte Kat ihre Jacke. "He's an idiot, but he's right. Everybody will recognize a Lions shirt. Here. Better take your jacket."

Doch Kat drehte sich kurz um, streifte das gelbe Trikot über ihren Kopf, öffnete ihr Fenster und warf das T-Shirt hinaus. "I don't need it anymore." Sie fuhr das Fenster wieder hoch.
"I'm sorry about what happened, Kat", sagte Josh ruhig. "But I'm sure they won't throw you out of the team because of an accident."
"They can't throw me out", sagte Kat. "I **quit**."
"Wow." Chris war beeindruckt.
"I'm sure Amanda will be okay", versuchte Josh sie zu beruhigen.
Verdammt, warum musst du so nett sein, dachte Kat. Merkst du nicht, dass du alles nur noch schlimmer machst?
"Yeah", mischte Chris sich ein. "It'll be good for her karma. Through suffering and pain she'll learn important things, so in her next life she can **be reborn** as a more **advanced being**. With Amanda that could be something like ... a **tapeworm**." Jen lachte und schlug ihm auf den Kopf. "If she's lucky", fuhr er ungerührt fort.
Kat starrte derweil aus dem Fenster und wünschte sich, nichts mehr denken zu müssen.
Josh setzte den Blinker und fuhr vom Parkplatz auf die Main Street. Sie ließen die Scheinwerfer des Stadions, die den Himmel noch immer erhellten, hinter sich und kamen jetzt schnell voran. Keiner sagte ein Wort.
An der nächsten Ecke beugte Jen sich plötzlich vor und legte die Hand auf Joshs Ellbogen.

to quit (quit, quit)
aufhören
to be reborn
wiedergeboren werden
advanced being
höher entwickeltes Lebewesen
tapeworm
Bandwurm

ice cream parlor
Eisdiele
to drop sb off
jdn absetzen

"Josh! At the next corner there's an **ice cream parlor**. Could you **drop** us **off** there? I think I lost my sweater there yesterday. The bus stop is right across the street. You don't have to wait."

Chris stöhnte. "Can't you get your sweater tomorrow?"

"I'm cold", murmelte Jen störrisch.

"You can have my jacket", bot Chris an.

Jen ignorierte ihn. "Pull over at the bus stop. There's no need to park", wies sie Josh an.

Josh nickte.

"Can't we just wait in the car?", versuchte Chris es ein letztes Mal. "I ..."

Kat sah, wie er kurz zusammenzuckte, als Jen von hinten gegen den Sitz trat.

"Oh well, I see."

Josh hielt, Jen kletterte aus dem Wagen und hielt Kat die Tür auf. "Don't you want to sit in the front?"

Kat nickte widerwillig. Alles andere wäre albern gewesen.

Als Josh gerade wieder losfahren wollte, klopfte Chris noch einmal an die Scheibe.

"By the way, Kat: Any girl that puts Amanda in hospital is welcome at our table at lunch. Any time!"

Jen zog ihn am Arm weg, sie verschwanden in der Dunkelheit, lachend, Jens Kopf auf Chris' Schulter. Sie sahen vertraut und glücklich aus.

Kat sah den beiden nach. Wie hatte sie das übersehen können?

Das Schweigen lag zwischen Josh und Kat wie eine Wand. Jen wollte mir noch etwas sagen, dachte Kat,

kurz bevor wir losgezogen sind. Ein rothaariges, lockiges Mädchen mit Lederjacke. Das muss Diana sein, hatte sie gesagt und Kat sah noch ihren aufgeregten Gesichtsausdruck vor sich. Jen hatte sie als Idiotin bezeichnet. Sie legte den Kopf gegen das Seitenfenster und kühlte ihre Stirn.
"How's Bernard?", fragte Josh vorsichtig. "I didn't see him play after the break."
Kat zuckte die Schultern. "No idea. How's Diana?", fragte sie müde.
Josh wandte den Blick von der Straße ab und starrte sie überrascht an. "Diana?" Er blickte wieder nach vorne. "I don't know. Sad. Finding out that your parents are getting divorced is always hard.
Kat blinzelte verwirrt und fragte sich, wovon in aller Welt Josh sprach.
"Although Uncle Ethan and Aunt May have been fighting all the time over the last year. Now Uncle Ethan's run away. That's why I had to work in the restaurant last week. But that's just boring **family business**. Did Jen tell you?"

family business
Familienangelegenheit

Kats Gedanken kamen zäh und langsam. In ihren Ohren rauschte das Blut. Sein Onkel und seine Tante lassen sich scheiden? Was hat das mit Diana zu tun? Ogott, dachte Kat plötzlich. Was bin ich für eine Gans!
Sie schluckte. "Diana's your cousin?", brachte sie schließlich hervor. Sie war froh, dass Josh ihr Gesicht nicht sehen konnte. Er starrte noch immer auf die Straße, ganz aufs Fahren konzentriert.

to pee pinkeln
bathtub Badewanne
literally buchstäblich

"She's my cousin", bestätigte er, "but she seems almost like a little sister to me. Our families have always been very close. I've known her from the day she was born. We **peed** into the same **bathtub. Literally**."

"I hope you were able to help her", murmelte Kat leise und starrte ihre Hände an. Ich Idiot. Er hat sie nur getröstet. Plötzlich war ihr ganz leicht. Wenn ich mich nur nicht so schämen würde, dachte sie. Warum habe ich ihm nicht vertraut? Warum hat er mir nichts gesagt? Wir sind beide Idioten.

Josh lenkte den Wagen an den Straßenrand vor ihrem Haus und schaltete den Motor aus. Sie war zu Hause. Kat konnte das Auto ihrer Mutter in der Auffahrt sehen, die Fenster der Küche waren hell erleuchtet. Aber sie stieg nicht aus. Sie saßen in der Dunkelheit, ohne sich zu bewegen, und starrten noch immer geradeaus.

"So how's Bernard?", hakte Josh noch einmal nach.

Kat zuckte die Schultern. "Fine. Nice. Honest. Funny ..."

Josh nickte ruhig, als hätte sie ihm nichts Neues gesagt, ein wenig traurig. "... and boring." Kat sagte es, ohne Josh anzusehen. Wieder mit diesem seltsam flüssigen Gefühl im Bauch. Er holte scharf Luft und sah sie an. "I did it only because I thought that you ... and Diana ... and because you never had time ... I was an idiot", stammelte Kat und hoffte, er würde sie nicht auslachen.

Aber er schüttelte nur den Kopf und murmelte etwas Unverständliches.

"And how's Bettina?", fragte Kat. Sie spürte in der Dunkelheit, wie Josh neben ihr zusammenfuhr. "Or

should I call her Brittany? Brittany Harwich? *Ich bin siebzehn Jahre alt und will deine neue Brieffreundin sein*?"
Im Licht, das aus dem Haus drang, konnte sie sehen, wie seine Mundwinkel vor Lachen zitterten.
Sie schlug ihm auf die Brust, bis er ihre Hände festhielt.
"You started it", murmelte er, aber in seiner Stimme lag kein Vorwurf, sondern ein neuer Tonfall, den Kat noch nie gehört hatte. In ihrer Kehle fing sich ein kleines Schluchzen. "I didn't know what else to do", sagte er.
Josh beugte sich vor. Der Gurt schnitt in seinen Hals und der Griff der Gangschaltung war im Weg, als er sich zu ihr herüberlehnte. Im Dunkeln verfehlte Kat seinen Mund knapp und eine Haarsträhne verfing sich in ihren Lippen. Ihr war heiß und sie bekam eine Gänsehaut. Seine Hände strichen über ihren Hals, sodass sie am liebsten gelacht hätte, weil sie plötzlich so glücklich war.
Sie legte den Kopf zurück und starrte an das Wagendach.
"What are you thinking about?", fragt Josh.
Kat drehte sich herum und lächelte ihn an.
"I think I would like to be kissed on the inside of my elbow. And on the palm of my hand ...", murmelte sie verträumt.

Hey, Janet. I'm in love. Wish me luck ...

PETRA A. BAUER
The Pirates of Plymouth
Die Piraten von Plymouth
Langenscheidt
ENGLISCH
KRIMIS FÜR KIDS
DEUTSCH
Girls in Love
Englisch | Deutsch
A Ride to Happiness
Der Ritt ins Glück
Langenscheidt
KARIN GRÜNING
CHECKMATE
SCHACHMATT
Langenscheidt
ENGLISCH
WORLD OF
FANTASY
DEUTSCH
BoyZone
Kris Benedikt
Invasion on Mars
Invasion auf dem Mars
Langenscheidt